沒人會
特地去殺殭屍

小林泰三 | 著
YASUMI KOBAYASHI

NO ONE BOTHERS TO
KILL THE LIVING DEAD

1

那場派對是在咲山市郊外的一棟大宅邸舉行的。

宅邸的主人是有狩一郎，他是民間醫療研究機構「Ultimate Medical」的執行董事。

那一夜在他的號召下，研究所工作人員和生意往來對象、相關企業的職員、合作的大學研究者全都聚集過來了。

一樓的大廳裡擠滿了五十位以上的男男女女。

「歡迎大家今天前來參加。」有狩是一位五十多歲、看起來有些神經質的男人。

「等一下我們會向大家做一項重大的發表。」

嘈雜的會場一下子就安靜下來，每個人都在關注有狩接下來要說的話。

Ultimate Medical 公司每年都會舉行這種派對一、兩次，而且每次都會發表某種尖端技術。

譬如說，去年他們發表了用基因轉殖的豬培養人體器官的技術。

也就是說，從病患身上取出基因，移植到豬的基因中，就能在豬的身上培養出和病患完全相同的器官，譬如心臟或眼球。這麼一來，患者就能很容易地獲得移植用的器官。

前年，他們發表的是完全人工冬眠的設備。只要利用這種技術，就能讓不治之症的患者在睡眠中等待治療法被研發出來。

不用說，這也可以提供給想要見識未來世界的人，或是用於單程就得花上幾百年的外星系探險。

那些發明帶來了令人驚奇的醫療革新，並且推動相關產業蓬勃發展，所產生的經濟效益不可估計。

因此，各個業界對這次的派對都充滿了期待。

不，不只是業界，連一般民眾都非常關注這場派對。當然，研究這些技術需要耗費龐大的資金，照理來說不可能立刻推廣到市面上，但人們還是懷著期盼，認為自己有一天也能從中受益。

因此，有很多沒受到邀請的媒體人士也跑來參加，而研究所本來就準備大肆宣傳，也就默許了他們混進來的行為。

「這次的研究結果將由本研究所的核心研究員葦土健介來發表。葦土，請上前來……」

但是有狩的呼喚卻沒有得到回應。

有狩皺起眉頭。「葦土在哪裡？」

還是沒有回應。

「誰快去把葦土帶過來。怎麼能忘了發表的時間呢？」有狩焦躁地說道。

有幾個職員慌張地跑走了。

「葦土先生剛才覺得不太舒服，所以回到三樓的休息室了。」一個女職員對有狩說道。

「那傢伙未免太隨興了點。」有狩高聲罵道。「他不知道這場發表會有多重要嗎？」

此時，樓上傳來了慘叫聲。

那是男人的聲音。

有狩的臉色頓時發青。「剛才是怎麼回事？」

「好像有人在慘叫。」一個職員答道。

「那該不會是葦土的聲音吧？」

「這就不知道了……」

「你們跟我去看看！」有狩快步走向三樓。

有十幾個人跟在他身後，其中不只有職員，也包括了一些來賓和記者，但有狩似乎不怎麼介意。

「那傢伙用的是哪個房間？」有狩向一位職員問道。

「最前面的那間。」

「葦土，你沒事吧？」有狩一邊敲門一邊喊著。

沒有回音。

「葦土，我要開門囉！」

有狩轉動門把卻打不開，看來是從內側鎖上了。

「有誰知道要怎麼從外側開鎖嗎？」

職員們面面相覷。

「應該沒人知道吧，這裡可是我家。」有狩按著額頭，像是在搜索記憶。

「沒辦法了，把門撬開吧。快去拿工具來，一樓的儲藏室應該有工具。」

碰噹！

房間裡發出嘈雜的聲響。

聽起來好像是有什麼東西正在用力撞牆壁。

所有人都僵住了。

那是每個人都聽過的聲音。

「怎麼了？不是叫你們去拿工具嗎？」有狩怒吼道。

「可是，那個聲音……」

「不管那是怎麼回事，總之還是得先開門。」有狩說。「從聽到慘叫聲到現在過了多久？」

「一分多鐘吧。」

「時間夠充分了。」有狩揉揉自己的眉心。「真希望這只是個玩笑……」

「這個可以嗎？」有個男職員拿來了撬棒。

「很好，把門撬開吧……不，等一下。」有狩走向樓下。「我馬上回來。」

人們開始交頭接耳。

在目前的情況下，當然沒有人能確定真正的情況，但要想像出最糟糕的事態並不難。

有狩拿著獵槍回來了。

所有人都看著有狩。

「沒什麼大不了的，只是以防萬一。正所謂有備無患。」有狩打開了槍上的保險，把槍口瞄準門。「好，可以了，把門撬開吧。」

職員們開始努力地撬開門扉的合葉。

門扉朝著房間內側緩緩倒下。

人們迅速地從門前退開。

房間裡很暗，藉著走廊上的燈光可以看見有個男人背對門口站著。

人人都緊張地吞著口水，注視著那個男人。

「葦土，你沒事吧？」

男人腳步蹣跚地緩緩轉過身來，他的嘴巴半張，口水不停地滴落，他的眼睛呈現出摻雜著黃色的混濁白色。

「活性化遺體！」有人大叫著。

哀號聲此起彼落，人們爭先恐後地逃跑，結果撞成一團，還有人因此跌倒或打起來。

「大家冷靜一點！」有狩喝斥道。「只要冷靜應對，殭屍沒什麼好怕的。」

除了主要的職員以外，幾乎所有人都逃到樓下了。職員們也都從門邊退開了。

有狩手持著獵槍，緩緩後退。

「執行董事，葦土研究員變成殭屍了。」女職員說道。

「不用妳說我也知道。」

「他剛才明明還活著……」

「這個我也知道。我們剛才聽到的大概就是他死前的慘叫吧。」

「可是，葦土先生為什麼會死呢？」

有狩似乎不打算回答這個問題，只是持續用獵槍瞄準已經變異的葦土。「光靠獵槍很難阻止殭屍的行動，有沒有電鋸之類的武器？」

「應該沒有人會帶電鋸來參加派對吧。」職員答道。

「其他的武器也行，只要能讓他停下來就好。」

「沒有人會帶武器來參加派對吧。」

「繩索也行啊。」

「沒有。這是執行董事的家，您自己才最清楚哪裡有能當成武器的東西吧。」

「說得也是。看來要抓住他是沒辦法了，那就把他趕出去吧。立刻去把大門打開。」

「他會乖乖出去嗎？」

葦土發出滴滴答答的溼濡聲音逐漸逼近。

「謹慎地把他引出去就行了。還得防止他跑進其他房間，你們快去把全部的房門關上。」

「啊嗚嗚咿嗚嗚啊。」葦土發出呻吟。

「他想攻擊我們嗎？」男職員說道。「我們可是同事耶。」

「殭屍是認不出同事的。」有狩平淡地說道。「在他的眼中，人類只是糧食。不對，他吃了人也無法吸收營養，所以可能算不上糧食吧。」

葦土搖搖晃晃地走出房間。

「很好，把他引誘到樓梯前，應該可以從那裡把他趕出去。」有狩說道。「大家先去一樓，免得妨礙行動。」

職員們一起離開現場，走向一樓。

「來吧，乖乖地跟我走吧。」有狩呼喚著葦土。

葦土歪著頭，朝著有狩走去。

「好，就是這樣。」有狩不時回頭看路，一邊緩緩後退。

葦土的動作就像爛醉如泥的人，他朝著有狩走去，但腳步非常不穩。

有狩緊張地舔了幾次嘴脣。

終於到了樓梯邊。

有狩一邊注意和葦土保持適當距離，一邊走下樓梯。

一大群人在樓下看著他們兩人。

「人太多不容易引他出去，大家離遠一點。」有狩說道。

人群從樓梯口退開一段距離。

有狩從樓梯口往大門移動幾公尺。

葦土似乎不太確定要往哪個方向前進，但有狩一揮手，他就乖乖地走過去。

有狩來到門前，靜待著葦土靠近，等到葦土來到他前方一公尺之處，他就從葦土的身邊衝過去，繞到他的背後。

葦土又往前走了一、兩步，然後才發現有狩移動了位置，便搖搖晃晃地轉過身來。

「好了，你愛去哪就去哪吧。」有狩瞄準葦土的腹部，扣下扳機。

子彈打中葦土的肚臍附近，子彈從他的背後穿出去。

一時碎肉四散，但幾乎沒有流血。

「啊啊嗚嗚耶嗚嗚。」葦土驚愕地看著自己的腹部，然後轉過身，踉蹌地走出大門。

「快把門關起來。」有狩向職員下令。

「到底發生什麼事了？」職員一邊關門一邊問道。

「不知道，我才想問咧。」

他從窗子觀察外面的動靜，看到葦土正搖搖晃晃地走出門外。

「這樣應該就沒事了。」有狩自言自語似地說道。

「得趕快打電話報警……」職員拿出手機。

「為什麼要報警？」有狩問道。

「什麼為什麼……因為出現了殭屍啊。」

「這年頭看到殭屍又不稀奇。」

「可是葦土研究員不久前還活著，也就是說，他或許是在房間裡被殺死的。」

「別說得這麼嚇人，可能只是疾病發作之類的。」

「不管怎樣，還是要等警察來調查才能搞清楚情況吧。」

「可是把警察叫來這裡的話……」

「這裡有很多媒體人士，警察遲早都會知道的。」一個職員小聲地說道。

「好吧，那就報警吧。」有狩板著臉孔聳肩說道。

2

手機響了起來。

在車上抓著方向盤打盹的八頭琉璃揉揉眼睛，接起電話。

「喂？這裡是八頭偵探事務所。」琉璃還沒完全清醒，口齒不清地說道。

「妳還好吧？難道妳睡著了？」電話的另一端傳來男人的聲音。

「喔喔。是竹下嗎？有什麼事？」

「這不是妳吩咐的嗎？妳說如果看到 Ultimate Medical 的研究所有任何狀況都要通知妳啊。」

「不，那不是研究所，而是執行董事有狩的家。」

「都一樣啦。」

「對外人來說確實都一樣。然後呢？」

「好像出事了。」

「什麼事？」琉璃清醒過來了。

「我不太清楚，但是剛才來了幾臺警車。」

「去問問看發生了什麼事。」

「要問誰啊？」

「當然是問在現場看熱鬧的人啊。」

「看熱鬧的人說的話能信嗎?」

「一個人的話不能信，若是十個人都說了相同的話，那就離真相不遠了。」

「我哪有空去問十個人啊?雖然我沒有直接去問人，但我聽說在派對進行時有殭屍從屋子裡逃走了。」

「殭屍?我知道了，我會親自過去蒐集資料。謝啦。」

「不客氣。」竹下優斗用諷刺的語調說完就掛了電話。

那間屋子裡出現了殭屍，若非外面的殭屍神不知鬼不覺地闖入屋內，那就代表屋子裡死了人。此外，事情是發生在派對之中，不太可能是死於宿疾，多半是急病發作，或是意外事故，再不然就是被殺死的。

琉璃開車前往有狩的宅邸。

遺體活性化現象大概是從二十年前開始出現的。

最初的發生地點眾說紛紜，有人說是南美，有人說是非洲，也有人說是南亞。說不定是同時發生在世界各地。

總而言之，死掉的人開始復活了。

人們看到新聞時都以為是在開玩笑。

得知這不是玩笑之後，大家又猜測或許只是活著的人被誤認為死人。

直到聽說有成千上萬的死人復活了，人們才漸漸相信這或許不只是玩笑或誤會。

聽到死人復活，會讓人不由得聯想到殭屍(Zombie)。有很大一部分的原因是近年美國電影的影響。所謂的殭屍原本是指巫毒教之類的非洲民間信仰裡被咒術復活的屍體，那只是用來當作奴隸使喚的，還不算太危險，但美國電影裡的殭屍加入了吸血鬼的概念，活人被殭屍咬到也會變成殭屍。為了避免和原本的殭屍搞混，有人把這種好萊塢類型的殭屍稱為「活屍(Living dead)」，不過一般人並不在意這點小差別，還是習慣稱之為殭屍。

遺體活性化現象的情況逐漸明朗之後，人們才知道好萊塢電影比民間信仰的殭屍更接近實情。

只有比較新的遺體才會復活，至於已經死了幾十年、幾百年、完全腐爛的遺體或是火葬的遺體當然不可能復活。此外，死人復活後不會變回生前的樣貌，而是維持著死者的狀態，換句話說，開始腐爛的屍體會以腐爛的狀態復活。

還有，就算是剛死的屍體也有一些明確的特徵。屍體復活後，眼睛會變得混濁，目光沒有焦點，而且全身肌肉的動作相當遲緩，會像喝醉酒的人一樣搖來晃去，智商退化得跟昆蟲差不多，很難維持正常人最基本的行動。死人一復活，就會立刻做出類似獵捕的行為，也就是說，他們會攻擊眼前的任何人，但他們沒辦法制定聰明的戰略計畫，只是單純地走過去，抓住人就咬。

被咬到的人死了以後也會變成活性化遺體，這點和殭屍電影是一樣的。和電影最大的不同之處，在於人只要死在發生遺體活性化現象的地區，就算沒被活性化遺體咬到，死了以後還是會變成活性化遺體。

研究機構沒多久就找出了發生這種現象的原因。起因是一種病原體，俗稱為殭屍病毒。其實那並不是病毒，而是由蛋白質構成的感染性病原體，與其說是病毒，更像是「蛋白質感染因子」。不過為了方便起見，人們還是習慣叫它殭屍病毒。這種殭屍病毒侵入人體後，並不會立刻引發症狀，因為人體有免疫系統，可以抑制該病原體的活動和繁殖。可是殭屍病毒能感染包括動植物在內的所有生命體，而且不會被高溫消滅，所以沒過多久就藉著飲食和呼吸散播到很廣大的範圍。

也就是說，發生遺體活性化現象的地區幾乎所有居民都成了感染者，雖然在日常生活中不會發作，但是若有某些緣故使得免疫力下降或是死亡，就會突然發作。

免疫力會下降通常是因為罹患重病，或是受了重傷，症狀一旦發作，就會對心肺及大腦造成過度負擔，所以患者會立刻失去意識，最終致死。如果是被活性化遺體攻擊，就會因為加害者唾液中的大量病毒而嚴重感染，再加上出血使得免疫力降低，因此很快就會發作。

當然，即使是死於尋常的死法也很可能變成活性化遺體，所以在醫院裡只要確認病患死亡，就要馬上進行拘束處理。

變成殭屍之後沒辦法進食，只能靠自己的脂肪和肌肉提供能量，因此殭屍的活動時間只有幾個月，隨著肌肉逐漸減少，最後就會無法動彈。但是根據研究結果，若繼續注射葡萄糖之類的東西補充能量，可以把活動時間延長至好幾年。

活性化遺體已經死了，當然沒辦法再殺死一次，但還是可以讓他們停止活動。屍體的傷口不會自然痊癒，若是肌肉被切斷，他們就不能動了。還有，若是破壞大腦或脊髓之類的中樞系統，也能使他們無法控制自己的動作。不過殭屍不需要靠呼吸或血液循環來維持生理機能，所以破壞心肺也沒辦法停止他們的活動。

一般來說，活性化遺體在拘束處理之後都會舉行葬禮。

雖然世界各國做了各種防疫措施，但是要消滅不屬於生命體的殭屍病毒非常困難，因此病毒一下子就傳播到全世界。活人感染病毒之後通常不會立刻出現症狀，也不會直接導致死亡，所以更促進了病毒的散布。發現殭屍病毒的短短兩年後，世界上的每個區域都出現了感染者，再過三年後，研究顯示世界上已經不存在未受感染的人了。

日本通常採用火葬，雖然偶爾會有遺體在火葬爐裡亂動、造成火葬爐的破損，也不至於造成太大的問題，但歐美習慣土葬，所以會有墓地騷動的問題。如果只是引發騷動也就算了，事實上真的發生過遺體從土裡爬出來攻擊路人的事件，所以若是選擇土葬，就得先破壞遺體的中樞系統，並且切斷肌肉。

活性化遺體最大的問題是難以界定他們在法律上的定義。若是在醫院過世，就能立刻宣告死亡，後來無論發生什麼情況都能以處理屍體的態度去對應。問題是在家中過世，或是因意外事故而過世、但醫生還沒到場確認死亡之前遺體就活性化的情況，既然還沒宣告死亡就不能把他當成死者，也就是說，該遺體處於一種生死不明的狀態。因為尚未確認死亡，所以不能對該遺體做出破壞中樞系統或切斷肌肉等毀滅性的處置，也沒辦法進行火葬或土葬，只能慢慢等他自己肌肉消耗殆盡而無法動彈。

起初人們都放任遺體在路上或山野到處徘徊，後來便建立了收容活性化遺體的設施。

還沒被收容、在外面到處亂跑的活性化遺體一般稱為「野生殭屍」，被關進收容所的活性化遺體則被稱為「家畜殭屍」。

野生殭屍雖然危險，但他們動作很遲緩，只要別粗心大意地睡在公園或是醉倒路邊，很少有人會被咬。

琉璃到達有狩的宅邸時，有幾個警察正帶來一具被拘束起來的活性化遺體。周圍跟著一些看似鑑識課的人。

琉璃把車停在附近，走到那群人身邊，若無其事地跟著一起進了屋子。琉璃早就想到可能有這種情況，所以隨身帶著跟鑑識課制服很相似的衣服。

走進屋中，有狩已經等在那裡了。

琉璃努力忍住轉開臉的衝動。

對方應該不知道她的長相，要是現在轉開臉，反而顯得不自然。

「有狩先生，這具遺體是葦土先生嗎？」一位中年刑警——三膳孝彥——對有狩問道。

「讓我看清楚一點。」

活性化遺體的全身都被特製繩索綑住。這種繩索可以用手上的按鈕控制長短，自由地調整適合的鬆緊度，現在繩索被調到最緊的程度，所以他不只是手腳不能動，連轉頭都沒辦法。

警察們把載著嘴罩的活性化遺體的臉轉向有狩。

活性化遺體發出咕嚕咕嚕咕嚕咕嚕的聲音，口水滴滴答答地流個不停。

「錯不了，這就是葦土。」有狩按著鼻梁，像是強忍著悲傷。

「你們打開房門的時候，這個人已經變成活性化遺體，沒錯吧？」三膳確認道。

「是的。」

「他進房的時候還活著吧？」

「這我就不知道了……」

「我有看到。」女職員說。

「不好意思，妳的名字是？」

「我叫瀧川麗美。」

「還有其他人看到嗎？」

「我。」一個男職員說。「我叫山中卓司。」

「你們是在什麼情況下看到的？」

「葦土研究員說要借用房間來做發表會的準備。」麗美答道。「有狩執行董事吩咐我帶他去二樓的房間，所以我就帶他去了。」

「我去二樓檢查打掃結果時，正巧看到葦土先生因不舒服而回房間。」山中回答。

「這段期間你都在哪呢，有狩先生？」三膳問道。

「一直在這裡……在一樓的大廳。」

「你能證明這點嗎？」

「大廳裡大概有三十位客人，還有將近二十位媒體人士，應該有很多人能為我作證。」

「他進房間之前還活著，從房間出來時就成了遺體，這就代表他是在房間裡死掉的吧。」

「是啊，一定是急病發作之類的情況。」

「不，我想應該不是這樣。」三膳走近葦土的活性化遺體，在他的眼前揮揮手。

葦土死命地往三膳的手伸長脖子，似乎想要咬他。

「你看，他的喉嚨被割開了，這很可能是致命傷。」

「不是變成殭屍之後才受傷的嗎？」

「你看看這出血量，襯衫的裡裡外外都被血染紅了。人死了以後心跳就停止了，不可能會流出這麼多血。」

「原來如此。或許真是這樣吧。」

「你們報案時說葦土先生的活性化遺體是在休息室發現的，沒錯吧？」

「是的，沒有錯。」

「當時你有看到這麼大片的血跡嗎？雖說傷痕多半會被下巴遮住。」

「當時大家都嚇壞了，所以……」

「他的西裝外套上沒有血。」麗美說道。

「西裝？受害者本來有穿西裝外套嗎？」

「是啊。」麗美神色不改地回答。

「三膳警部。」有位搜查官拿著一件西裝外套走過來。「這是掉在外面的。我想可能和這件案子有關。大概是被樹枝或什麼東西勾到，在掙扎之時脫落的吧。活性化遺體經常發生這種事。」

三膳攤開那件西裝外套檢查。

背後的正中央有個洞，洞的周圍都沾著血跡，但外側的血跡比較少一點。

「是因為他穿著外套才讓人沒注意到血跡嗎？」

「或許吧。」有狩回答。

「但是胸前的血跡應該看得見吧？」

「這個嘛……」有狩陷入思索。

「為了配合派對的氣氛，今天的燈光調得比較暗。」麗美說道。「而且葦土先生打著紅色的寬幅領帶，可能是因為這樣才沒注意到血跡吧。」

三膳思索著。「是誰幫葦土先生穿上外套的？」

「不是他自己穿上的嗎？」麗美說道。

「妳有看過活性化遺體會自己穿衣服嗎？」

「殭屍應該沒有那種智慧吧。」山中說道。

「葦土先生本來就是穿著西裝外套的。」麗美說。

「但是他在死前曾經脫下外套。」三膳注視著不停掙扎的葦土說道。「而且有人在他死後幫他穿上了外套。如果他死時穿著外套，那麼外套的外側應該也會沾上大量血跡才對。」

「誰會做這種事啊？」有狩問道。

「這就不知道了。」

「你認為葦土先生是被人殺死的嗎？」

「這點還不能確定，但若是意外或自殺，西裝外套的情況就太不自然了。」三膳答道。

「會不會是他割開自己的喉嚨再穿上外套的？」山中說道。

「為什麼他要做出這麼不自然的舉動呢？」三膳問道。

「就是這樣，他可能是故意要讓人覺得不自然吧。」麗美說。

「為什麼葦土先生要讓人覺得他死得很不自然？」

「一定是為了讓人看不出來他是自殺的。」

「為什麼不能讓人知道是自殺？」

「可能和保險金有關吧，而且自殺本來就很不光采。」

「這樣啊。把自殺偽裝成他殺不是沒有可能，但只靠著穿上外套來營造假象不會很沒說服力嗎？」

「天曉得，或許葦土先生不這麼想吧。」

「或許吧。」三膳在手冊上寫了些東西。「鑑識課的人怎麼想？」

「我們已經拍下了房間裡的情況，正要展開詳細調查。」一位鑑識人員說道。

「看好葦土先生的遺體，別讓他逃了。」三膳對警察們吩咐道，然後走向二樓。

他蹲在休息室的門前，仔細觀察門扉的合葉。

「你們是用撬棒拆掉這扇門的嗎？」三膳問道。

「是的。因為門從裡面鎖上了，我們只能這麼做。」有狩回答。

三膳把頭伸進房間裡張望。「這還真是有趣。」

「你看出什麼了嗎？」

「我還沒解開謎題，只是發現了一件很有意思的事。」

「是什麼？」

「跟我們剛才在樓下討論的事情有關──葦土先生死亡的原因究竟是自殺還是他殺。」

「是哪一種呢？」

「兩種說法都解釋不清。」

「結果還是沒有進展嘛。」

「不不不。『無法斷定是自殺或他殺』這件事就是一大發現。」

「可以請你解釋得清楚一點嗎？」麗美說道。

「沒問題。我們先依照妳的論點，假設他是故意把自殺偽裝成他殺。可是要這樣假設的話，有些事情就沒辦法解釋了。」三膳用一種表演似的語氣說道。

「什麼意思？」

「因為這個房間是密室。」

「啊？」

「只有從門口才能進出這個房間，因為所有窗子都從內側鎖上了。當然，前提是牆壁、天花板和地板都沒有祕道。」

「這個房間沒有祕道。」有狩說道。

「如果這個房間是密室，那鐵定是自殺啊，沒有任何矛盾之處。」麗美說道。

「不不不，這才奇怪咧。剛才你們說葦土先生是為了把自殺偽裝成他殺，所以在割斷自己的喉嚨之後穿上外套。如果葦土先生想要讓人以為他是被殺死的，為什麼要特地把房間弄成密室呢？」

「可能只是因為粗心，沒注意到這個房間是密室吧。」山中說道。

「如果他把自己的喉嚨弄出致命傷之後還能冷靜地穿上外套，應該不至於犯下這麼基本的錯誤吧？既然這麼做，一定是有原因的。」

「那就是他殺了。可能是有人用了某種詭計讓房間變成密室，一定是這樣。」有狩說道。

「怎樣的詭計？」三膳問道。

「揭穿詭計是你的工作吧。」有狩一臉愕然地眨眨眼。

「失禮了。我只是覺得你知道的話不妨告訴我，因為我一點都看不出來。」

「所以這件事會被當成他殺案件來調查嗎？」

「要說是他殺，也有很不合理的地方。」

「什麼意思？」

「如果是他殺，那就是凶手使用了某種詭計把房間變成密室。也就是說，凶手企圖把現場偽裝得像是自殺或意外。」
「這又有什麼奇怪的？」
「奇怪的地方在於那件西裝外套。既然密室詭計是為了營造出自殺的假象，那麼凶手割斷葦土先生的喉嚨之後再幫他穿上外套，不就功虧一簣了嗎？」
「所以呢？」
「如果這是偽裝成他殺的自殺事件，把房間弄成密室就太不自然了。如果這是偽裝成自殺的他殺案件，西裝外套上的血跡也很不自然。」
「結果根本什麼都沒有搞懂嘛。」
「不不不，我們已經發現重點了。雖然我們看不出這是要偽裝成自殺還是偽裝成他殺，卻可以確定這是和原本目的不一致的行為。這個行為是蓄意的呢，還是無意造成的呢，其中應該藏著真相的線索。」
「說了還是等於沒說嘛。」麗美不耐地說道。「光是得到謎題的線索，離找出答案還遠著咧。」
「哎呀，別這麼心急。只要從現在開始一步步地……」
此時有個中年女性穿越人牆走向三膳。「我先生是被殺死的嗎!?」
「呃……請問妳是哪一位？從妳剛才的發言聽來，妳應該是受害者的太太吧？」
「是的，我是葦土的妻子。」
「呃，妳的名字是？」
「我是健介的妻子葦土燦。是誰殺了我先生？」

「現在還不能確定他是被殺死的。」

「刑警先生，你剛才不是說我先生是被人殺死之後才穿上西裝外套的嗎？也就是說，這個房間裡本來還有別人吧？」

「只是有這種可能性，不能說一定是這樣。」三膳用冷靜的語氣說道。「對了，葦土太太，妳從一開始就在這個會場裡嗎？還是接到通知才趕過來的？」

「我在會場等著參觀我先生的發表會，因為聽說這場發表會非常重要。」

「很重要嗎？真令人在意。他本來是要發表什麼東西？」

「我不知道。我先生從來不在家裡談他的研究內容。」

「我們原則上禁止職員在研究所外面討論研究的事，就連家人之間也一樣。」有狩說道。

三膳彷彿沒聽見有狩說的話，繼續問道：「葦土太太，妳也聽見妳先生的叫聲了嗎？」

「啊，是的。」燦回答。

「那真的是妳先生的聲音嗎？」

「呃……應該是吧。」

「『應該是』的意思是或許不是他？」

「聽起來很像我先生的聲音，但我以前從來沒聽過他大叫，所以我不能確定那到底是不是他的聲音。」

「你問葦土太太這些事是什麼意思？」山中神情憤慨地問道。

「我只是覺得，如果那不是葦土先生的聲音，或許代表著某些意義。可是看來似乎不是這樣。」三膳答道。

「請你找出殺死我先生的凶手！」燦再次說道。

「我已經說過了，現在還不能確定他是被殺死的……」

「我願意接下妳的委託。」琉璃插嘴說道。

在場的每個人都望向琉璃。

三膳也錯愕地看著琉璃。

琉璃脫下樸素的帽子，一頭長髮披垂而下。

「也就是說，我會找出殺死妳先生的凶手。」琉璃振振有詞地說。

「妳……」三膳一臉困惑。「應該不是鑑識課的人吧？制服看起來挺像的，但又不太一樣。大概是制服看起來有點像，所以才會被人認錯吧。有人知道這個人是誰嗎？」

沒有人回答。

「呃……妳是參加派對的來賓嗎？」三膳問道。

「不是。」

三膳的表情變得嚴峻。

「那妳為什麼可以進來？」

「我是大大方方地走進來的。」

「這裡禁止閒雜人等進入。」

「是嗎？因為沒有人阻擋我，我還以為沒關係……」
「明明是妳故意假冒鑑識課的人吧。」
「不，我沒有這個意思。」琉璃裝傻地說。
「妳到底是誰？」
「八頭。我叫八頭琉璃。」
「妳是相關人士嗎？」
「要說相關嘛，確實有點關係。」琉璃遞出名片。「我是私家偵探。」
「現在可是出了人命，我沒時間陪妳玩偵探遊戲。」
「所以這是凶殺案囉？」
「現階段還不能下定論。」
「太太，我可以立刻斷定這是凶殺案並展開調查，妳要不要雇用我？」琉璃對燦說道。
「啊？我……我該怎麼做……」燦一副不知所措的樣子。
「太太，請妳相信警方。」三膳說道。
「等一下，讓我想一想。」
「我的收費很便宜喔。」琉璃說道。
「警方更值得信任！」三膳說道。
「哪有？把事情交給無能的警察鐵定解決不了的。難道妳不想找出殺死妳先生的凶手嗎？」琉璃說道。

「我已經說過了，現在還不能確定是凶殺案啦！」

「這確實是凶殺案。」

「因為受害者是被割喉之後才穿上外套嗎？」

「這是其中一個疑點。」

「就算是這樣，也不能斷定是他殺吧？如果這是他殺，那就是在密室中被殺死的。」

「難道沒有方法可以在密室裡殺人嗎？」

「殺得了的話，就不是密室了。」

「那麼這裡就不是密室。」

「妳的邏輯真奇怪，竟然把他殺當作前提。妳沒有說『如果不是密室，就可能是他殺』，卻說『因為是他殺，所以不是密室』。」

「是啊，我確實是這麼說的。這是凶殺案。」

「妳有證據嗎？」

琉璃拿出手機。「我剛才拍了受害者的照片。」

「妳是什麼時候拍的？」

「我一來就拍了。當時你也在。」

「那是因為……我以為妳是鑑識人員……」三膳對一位鑑識課的人說。「為什麼准許這人拍照？」

「她是在三膳警部面前拍照的，所以我們以為她是協助調查的人……」

「這是什麼？」琉璃用手機顯示出受害者的照片。

「喉嚨的傷口嗎？這應該是致命傷。」

「那這個又是什麼？」琉璃換了另一張照片。

「這是……」

「是手掌上的傷痕，而且完全刺穿了。這是防衛傷吧？」

「妳說什麼？」三膳緊盯著照片看。

「防衛傷是什麼？」有狩問道。

「就是受害者為了防禦凶手的攻擊所受的傷，像是用手格開刀刃、抓住刀刃之類的。」

「也就是說，這能證明葦土阻擋過凶手的攻擊嗎？」有狩說道。

「先等一下。」三膳說。「事情沒有這麼簡單。」

「什麼叫做沒有這麼簡單？難道還有其他解釋嗎？」

「是啊。就是……」

「所以呢？妳想要證明什麼？」麗美插嘴說。

「嗯，我確實想要證明什麼。」琉璃注視著麗美的眼睛。

「假如葦土要把自殺偽裝成他殺，當然要在身上弄些防衛傷。」

「你仔細看看這個傷口，手掌完全刺穿了，骨頭露出來了，肌肉也斷裂了。這可是右手喔，如果受了這麼重的傷，鐵定連拿刀都沒辦法吧。」

「妳確認過葦土先生是右撇子嗎？」

「太太，妳先生慣用的是哪一隻手？」
「右手。」燦回答。
「你看，已經確認了。」琉璃得意洋洋地說道。
「雖然看起來傷得很重，但又不能證明他一定沒辦法拿刀。」麗美反駁說。
「我剛才錄下了葦土先生遺體的手部動作。」琉璃播放起影片。「你們看，完全不能動吧。等到驗屍之後就會更確定了，不過看他的肌肉和韌帶都已經斷裂，鐵定是不能動了。」
「呃……」麗美嘆了一口氣。「就算他是右撇子，還是可以使用左手啊。他一定是用左手割斷自己的喉嚨。」
「葦土先生喉嚨上的傷口是從哪個方向割的，也是等驗屍之後就會知道。」
「妳已經確認過了嗎？」
「還沒，我只是看了傷口一眼，我還沒有厲害到這樣就能看出刀割的方向。」琉璃回答道。
「妳自己也承認了嘛。況且就算知道是從哪個方向割的，也不能確定是用哪一隻手割的。妳剛才所說的只是信口胡謅。」
「如果硬要用左手假裝成是右手割的，或許可以勉強假裝得來。」
「看吧。妳的推理太輕率了。」麗美冷冷地微笑著。
「坦白說，割傷的方向並不重要。」
「妳在說什麼啊？剛才明明是妳自己聲稱他是用右手割的。」

「用哪一隻手都無所謂啦。」琉璃說道。

「妳到底在胡說什麼？妳要放棄自己主張的他殺論點嗎？」

「不，我不會這麼說。這確實是他殺。」

「但妳又說這跟他慣用哪隻手無關？」麗美又確認了一次。

「是啊，和他慣用哪隻手無關。」

「既然如此……」

「因為他的雙手都因為防衛傷而不能用了。」琉璃拿出了左手的照片。

那隻手的手指幾乎快斷了。

燦低下了頭。

「妳到底想幹麼？」麗美瞪著琉璃。「妳一開始就該說他兩隻手都不能用了，何必還扯一堆慣用手什麼的？」

「為了試探妳。」

「試探我？什麼意思？妳想看看我的觀察力夠不夠強嗎？」

「那也是其中一個原因，但我更想確認妳會不會跟著我討論慣用手的事。」

「什麼意思？」

「我注意到妳很堅決地支持他是自殺的。」

「妳是在懷疑我嗎？」麗美睜大了眼睛。

「如果妳是凶手，妳一定知道他的雙手都受傷了，應該不會繼續跟我討論他慣用哪隻手。」

「妳本來以為我是凶手？」

「反正妳的嫌疑已經洗清了，所以用不著在意。」

「我怎麼可能不在意啊！」

「了不起。」有狩拍著手說。「真厲害。」

「唔……這點小事我們早就想到了。」三膳說。「只是因為那個……這是調查過程中的祕密，所以不能隨便公開。」

「太太，妳看怎麼樣啊？還是委託這位偵探去調查比較好吧？」有狩向燦提議道。

「嗯……可是……該怎麼辦呢……」

「這還用問嗎？怎麼可以把凶殺案交給私家偵探去處理？真是太沒有常識了。」三膳說道。

「那就由我來雇用妳吧。」有狩說道。「不管要花多少錢都行。我想要抓出殺死葦土的凶手。」

「呃……可是……那個……」三膳抱著頭，不知該說什麼才好。

3

「我的朋友快來了。」姊姊沙羅說道。

「真的嗎？好期待啊。」

「少裝了，妳早就知道她們要來吧，琉璃。」沙羅一臉不悅地說。

「抱歉。但我真的很高興，所以裝作現在才知道的樣子。」

「幹麼假裝啊？」沙羅很不高興。

「因為我想要這樣想嘛。我一點都不知道姊姊的朋友今天會來。」

「妳幹麼自己亂想？都已經十歲了，別再玩這種幼稚的遊戲了。」

「我才不幼稚咧。我就是想要這樣想嘛。只要沉浸在那些想法裡，我就會覺得很開心。」

「為什麼開心？」

「因為如果我現在才知道，那我就是不知道了。」

「不知道什麼？」

「不知道能不能見到姊姊的朋友。」

「啊!?妳在說什麼啊？」

「就是說我不知道這件事啊。」

「妳明明就知道。」

「雖然知道，但又不知道。」

「妳腦袋有問題啊⁉」

「我不知道。我不知道。」

「蠢斃了。妳明明就知道。」

「拜託妳，就當作我不知道吧。」

「就叫妳不要再玩這種幼稚的遊戲了。」

「讓我玩嘛，這樣我就能短暫地開心一下下了。」

「我幹麼讓妳開心啊？」

「為什麼不能讓我開心？」

「只要我自己開心就行了，妳只是附帶的。妳應該知道吧，琉璃。」沙羅瞪著琉璃。

「是啊，我知道。但我想要稍微忘記一下這件事嘛，姊姊。」

「哪有這麼容易就能忘記啊。」

「我知道，但我就是想當作忘記了嘛。」

「胡說八道些什麼？」

「拜託妳啦，妳朋友來之前我就會停止這個遊戲了。」

沙羅想了一下。「真的嗎？我朋友來之前就要停止喔，一定喔！」

「嗯，我答應妳。」

「好吧。那我就陪妳玩一下這個遊戲吧。」

「那妳再說一次『我的朋友快來了』。」

「我的朋友快來了。」

「真的嗎？好期待啊。」琉璃露出了幸福的笑容。

「妳為什麼這麼高興啊，琉璃？」

「為什麼這樣問呢，姊姊？」

「因為我想知道妳露出那副微笑的理由。」

「等到姊姊的朋友來了，我要好好地做一番自我介紹。」

「啊？」沙羅嗤之以鼻。「怎麼可能嘛。」

「為什麼不可能呢，姊姊？」

「因為妳太噁心了，所以妳不可以跟我的朋友說話。」

「可是我也想和朋友說話啊。」

「不要說這種任性的話。」

「我們是姊妹耶。」

「我知道。」

「而且還是雙胞胎。」

「真討厭。」

「既然姊姊有朋友，那我有朋友也不奇怪吧？」

「很奇怪。」

「才不奇怪。」
「很奇怪，因為妳是附帶的。」
「我覺得附帶的這種說法很奇怪耶。」
「會嗎？我的朋友裡面沒有一個人像妳這樣的。」
「她們都不是雙胞胎吧。」
「嗯，是啊。她們都不是雙胞胎，而是單胞胎。」
「沒有『單胞胎』這種說法吧？」
「有啊，是我發明的。」
「姊姊發明的才不算數。」
「誰都可以發明新詞，所以我發明新詞也沒什麼吧。」
「那就當作有『單胞胎』這個詞好了。」
「我的朋友都是單胞胎，所以我也說我是單胞胎。」
「那是說謊。」
「是啊，我是在說謊。」
「說謊是不好的。」
「嗯，是啊。所以我絕對不能讓人發現我在說謊。」
「可是大家看到我，就會知道姊姊不是單胞胎了。」
「嗯，是啊。所以我絕對不會讓別人看到妳。」
「哪有這麼霸道的。」

「是啊，我是很霸道。但若換成是妳，難道妳不會做出一樣的事嗎？」
「或許我也會這麼做吧。不過，重點是，為什麼不是我，為什麼是姊姊呢？」
「妳在說什麼？」
「為什麼姊姊可以在朋友面前出現，而我就要藏起來呢？」
沙羅吃吃地笑了。「這是理所當然的。」
「為什麼是理所當然的？」
「因為我是姊姊，妳是妹妹啊。」
「這一點有那麼重要嗎？」
「非常重要。」
「我們是雙胞胎耶。」
「嗯，我知道。」
「所以我們出生的時間差不多。」
「嗯，我知道。」
「所以姊姊和妹妹只有一點點差別。」
「不對，差得多了。我是先出生的，我比較大，妳比較小，這是非常大的差別，絕對不可能變動的。」
「真的是這樣嗎？」
「這是一出生就決定的事，所以絕對沒辦法變動。」
「可是，我也想……」琉璃快要哭出來了。

「妳絕對不准哭。如果妳哭了，別人就有可能發現妳的存在。她們就快來了。」

「能不能讓我和姊姊交換一天呢？」

「當然不行啊。如果我們這樣做，爸爸媽媽都會很傷心的。」

「咦？真的嗎？」

「嗯，真的。他們也希望妳藏起來。」

「怎麼這樣……」

「如何啊？妳想讓爸爸媽媽傷心嗎？」

琉璃什麼話都說不出來。

「既然如此，妳就快點藏起來，靜靜地待著。」沙羅竊笑著。

門鈴響了。

「妳看啦，有人來了啦。」沙羅急忙把琉璃藏進隱蔽的地方。「絕對不可以發出聲音喔。」

沙羅跑到玄關。

「歡迎。」

門一打開，就看到三個女孩站在那邊。

「妳好。打擾了。」

「不用這麼客氣啦。今天我爸爸媽媽都不在家。」沙羅用燦爛的笑容迎接朋友們。

三人頻頻打量著屋內。

「怎麼了？」沙羅問道。

「不，沒什麼。」其中一個女孩說。「你們家好大喔。」
「會嗎？」
「真的很大。」
「這不重要啦，我們來玩吧。可以去小孩的房間。」
女孩們走向小孩的房間。
「這裡是沙羅的房間嗎？」
「嗯，是啊。」
琉璃悄悄地看著那些女孩。
她們每個人都很可愛，姊姊也不輸給她們。那我又如何呢？
「好可愛的房間喔，到處都是娃娃。」
「嗯，可是我覺得玩娃娃太孩子氣了，也差不多該改掉了。」
姊姊不太喜歡娃娃。
「也有好多書呢，書櫃都快滿出來了。」
「是啊。」沙羅不感興趣地說道。
姊姊也不太喜歡看書。
「有很多偵探小說耶。」
「嗯。」
「妳喜歡偵探嗎？」
「啊？」

「妳一定是很喜歡偵探，才會有這麼多偵探小說吧？」

「呃……是啊。」

「妳喜歡哪一個偵探？」

「呃……柯南吧……」

姊姊，不對啦。

「柯南？妳是說動畫嗎？」

「該說是動畫嗎……」

「她應該是說柯南．道爾吧？」另一個女孩說道。

「是、是啊。我喜歡的偵探是柯南．道爾。」

「妳在說什麼啊？柯南．道爾不是偵探，而是作家啦。」

「當然，我就是要說『喜歡的作者』。」

「妳喜歡道爾的哪一本書？」

沙羅的視線在書櫃裡的那些書脊上來回掃視。

說起道爾的作品，那就是《巴斯克維爾的獵犬》了，要選普通一點的話，《福爾摩斯冒險史》也行啊。

「妳在找什麼？」女孩問道。

「我忘記書名了……對了，是《失落的世界》，我最喜歡這本了。」

「真的嗎？」

「嗯，真的啊。」

「可是那又不是偵探小說。」

「咦？是嗎？」

那是跟恐龍有關的科幻小說啦。琉璃努力地把快要衝出喉嚨的話吞回去。如果被人發現她在這裡，沙羅一定會大發雷霆，還會去跟爸爸媽媽講。琉璃不怕被爸爸媽媽罵，但她不想看見他們傷心的樣子。

「這些不是妳的書吧？」有一個女孩戳破了沙羅的謊話。

沒錯，這些書全都是我的。我經常在姊姊身邊看書，但她根本毫不關心。

「呃……嗯，是啊，其實這些書不是我的。」

咦？她要說實話了嗎？那、那我可以出現在大家面前了吧？

「這些是我表姊的。」沙羅說。「她把自己小學時看的書都送給我了。」

「喔，是這樣啊。那妳為什麼要騙我們說這些書是妳的呢？」

「因為妳們都以為我很愛看書，所以我說不出自己其實不愛看書。」

琉璃非常失望。結果我還是不能露面嘛。

「可以借我看一下嗎？」一個女孩說道。

「嗯，好啊。」

「妳說的表姊是國中生嗎？」

「不，是大學生。」

「真的嗎？妳又在騙人了吧？」

「真的啦。為什麼妳覺得我在騙人呢？」

「因為這本書……」女孩打開版權頁。「是最近才出版的。」
「什麼意思？」
「版權頁上會寫出版的日期。如果這是妳讀大學的表姊國小時買的書，出版日期應該有六年以上。」
「這個……這裡的書不是全都是表姊送的啦，有一些是媽媽買給我的。」
「哪一本是妳媽媽買的？」
「……」
「怎麼了？」
「我不知道。」
「那不是妳媽媽買給妳的嗎？」
「我又不喜歡看書，媽媽買給我我也不會看，是她自己放到書櫃裡的。」
姊姊，這樣解釋太不合理了吧。
女孩們看看彼此，一副想要說些什麼的樣子，但又不知道該由誰開口。
「怎麼了？」沙羅問道。
「有一個都市傳說。」一個女孩說道。
「都市傳說？」
「與其說是都市傳說，還不如說是傳聞。」另一個女孩出言糾正。
「怎樣的傳聞？」
「關於學校裡的人。」

沙羅似乎意識到些什麼了。

「是關於我的傳聞嗎？」

女孩們點點頭。

「到底是怎樣的傳聞？」沙羅的臉色變了。

「聽說還有另外一個。」

「還有另外一個什麼？」沙羅問道。

「另一個女孩。在妳家裡。」

琉璃的心臟怦怦狂跳。她知道沙羅開始發抖了。

「什麼意思啊？」沙羅的聲音拔尖了。

「傳聞說沙羅的家裡還藏著一個妹妹。」

「我覺得那只是謠言啦。」另一個女孩說道。

是真的。琉璃心想。

「是誰說的？」沙羅問道。

女孩們彼此互看。

「我也不知道是誰說的，反正就是傳聞嘛。」

「就算是傳聞，也一定是聽誰說的吧？」沙羅窮追猛打。

琉璃心想，或許現在正是好機會。這正是對大家說出我的事的好機會喔，姊姊。

「說啊，妳是從誰那裡聽來的？」沙羅逼問其中一位女孩。

何必這樣呢？只要說實話就好了嘛，姊姊。

「呃……好像是美月吧。」

「那美月是從誰那裡聽來的？」沙羅又問另一個女孩。

「呃……是忠美告訴我的。」

「忠美今天沒來耶。」

「是啊，她去補習班了。」

「忠美有沒有說過是誰告訴她的？」

「不知道，那只是傳聞嘛。」

「只是傳聞？都明白指出我的名字了耶，那才不是傳聞，而是中傷。」

中傷？我的存在是對姊姊的中傷？

「對不起。」女孩們道歉了。

「妳們知道錯了嗎？」沙羅說道。

姊姊，妳在說什麼啊？沒必要說這些話，妳乾脆直接把我的事告訴大家嘛，這樣我就不是藏起來的妹妹了。

「嗯，對不起，我們不該說這種莫名其妙的話。」女孩們都低下了頭。

沙羅沉默不語。

姊姊，妳在猶豫什麼啊？

對了，只要我露面就好了，這麼一來姊姊就沒辦法再假裝我不在了。

我做了一次深呼吸。

「算了，反正又沒有這個人。」沙羅說道。

咦？

「可是妳剛才說這裡是『小孩的房間』，如果只有妳一個小孩，應該會說『我的房間』，而不是『小孩的房間』吧？」

沙羅瞪著說出這句話的女孩。

「在我們家都是說『小孩的房間』，爸爸媽媽一定是打算再幫我生個弟弟或妹妹。說不定真的會再生一個吧。」

看來姊姊是抱定主意不承認我的存在了。

「妳們看，這個房間只有一張床，如果我有妹妹，應該會有另一張床吧？」

「這麼說來……確實沒錯。」

不知道女孩們是不是真的相信了，反正她們的確沒有繼續反駁的意思。

但是事情還有轉機，只要我發出聲音，引起她們的注意，就能扭轉局面了。

我下定了決心。

「好啦，那就別再談這件事了。」沙羅宣布說。

琉璃感到前所未有的無力感。她沒有勇氣露面了。如果現在露面，沙羅一定會暴跳如雷，說不定永遠都不會原諒她了。

「好啦，來玩遊戲吧。」沙羅露出刻意的笑容。

只要我繼續躲下去就好了，這樣大家都能過得幸福。

4

會發作的僅限哺乳類動物，但所有的脊椎動物都會被殭屍病毒感染。

也就是說，所有的寵物和食用動物——包括狗、貓、小鳥、牛、豬、雞、羊、鯨魚、魚——全都會被殭屍病毒感染。

一開始人們並不重視這件事，因為殭屍病毒雖然感染性很強，卻抵禦不了免疫系統，所以動物和人一樣很少出現症狀。

但是家畜和寵物遲早都會死，一旦死了，再怎麼強大的免疫系統都會失去功能。和人類很親近的貓狗等寵物本來都是肉食動物，變成殭屍之後，牠們就成了猛獸。不用說，牠們失去了原本的敏捷，但牙齒爪子的威力卻遠勝過人類。很多飼主因為太疼愛寵物，無法接受牠們變成殭屍的事實，還是想要抱住牠們安撫，這樣的行為只會釀成悲劇。飼主被寵物攻擊而受了重傷，結果也變成殭屍了。

殭屍病毒利用感情逐漸擴散。這種事不只發生在人與人之間，也會發生在飼主與寵物之間。

後來飼養寵物受到政府管制，飼主有義務每週帶寵物去做健康檢查，如果發現寵物因生病或受傷而變得虛弱，即使還沒變成殭屍也得隔離。很多飼主不能接受這些規定，但是看著疫情越來越嚴重，人們比較願意遵守法律了，飼養寵物的人也變得越來越少。此外，變成殭屍的寵物都會集中管理。

相較之下，食用家畜的問題就嚴重多了。

若是基於某些原因——譬如因疾病或意外使得健康衰退——使得整群家畜之中的一隻變成了殭屍，無處可逃的其他家畜也會如秋風掃落葉似地一下子全成了殭屍。

原本毫無異狀的畜欄，在短短一夜之間化為地獄慘狀的事情時有所聞。

被關在狹窄空間裡的殭屍獸們會不斷地彼此啃食。就算手腳斷裂、內臟流出，殭屍獸還是能繼續活動，為了吃掉自己的夥伴，那些凶暴的嘴會在碎肉的汪洋中彼此撕咬。

世界各地的牛、豬、雞的養殖都遭到了毀滅性的打擊。當然，還不至於到絕種的地步。少數沒有變成殭屍的家畜還是在隔離的環境之中艱辛地生存下來了，但是隔離飼養卻使得食用家畜的成本大幅上漲。

另一方面，失去價值的飼料作物乏人問津，價格暴跌，雖無糧食不足之虞，但人類的飲食品質急速降低卻是無可否認的事實。

食品製造商紛紛投入研究，試圖把植物加工，製造出肉類的風味。有些產品確實表現得可圈可點，但大部分還是和肉類相差甚遠的替代品。

家畜要在隔離的環境下飼養，因此價格飆升，一般民眾根本買不起。

不過市面上偶爾會出現非常便宜的肉，那是因為距離其他農場較遠因而躲開了殭屍病毒災害的畜牧業者結束營運，所以才有大量的肉可以出售。

這些肉多半經過加工，已經看不出原形了，不過除了吃起來、聞起來有點奇怪之外並沒有什麼大問題，所以久未吃肉的一般民眾還是很捧場。

後來有民間團體對這些肉感到懷疑，進行檢驗之後，竟發現其中含有大量的殭屍病毒。

把殭屍病毒吃進嘴裡不會像被殭屍咬了那樣有大量病毒進入血液，被消化吸收的病毒數量比較少，所以並不會立刻引發症狀。其實人類早就全被殭屍病毒感染了，不過受到大量病毒汙染的食用肉類還是令人無法吃得安心。

實驗證明，這些肉類和變成殭屍的家畜品質差不多。因此可以合理推測，這些就是殭屍獸的肉。

人們發現自己吃了殭屍獸的肉之後十分震驚。

但是過了幾週，政府宣布食用殭屍獸的肉對健康不會造成影響。的確，那些是已死家畜的肉，不過食用肉類本來就是取自已死的動物。這種肉類和過去的食用肉類只是差在殭屍病毒的含量多了些，而人們早就知道從口中攝取大量殭屍病毒也不會有什麼問題。

但是大多數人都無法接受這種解釋。

過去的食用肉類是家畜宰殺之後就會立即處理，如果是殭屍獸，就無從得知是什麼時候死的。說得極端一點，說不定吃到的是已經死了幾週、幾個月的肉類。人們如此聲稱。

面對這些質疑，政府依舊堅持這些肉類是安全的。

的確，人類或家畜變成殭屍以後，肉體會遭到很多損傷，但卻不會腐壞。變成殭屍之後就沒有痛覺了，也無法以敏捷的動作避開危險，所以比活著的時候更容易受傷，而且受傷之後無法自然痊癒，從結果來看，變成殭屍的人類和家畜的肉體都是傷痕累累的，即使如此，卻幾乎不會腐壞。

為什麼不會腐壞呢？因為殭屍病毒會製造出一種特殊物質，其中具有類似抗生素的效果。該物質可以消滅包含腐敗菌在內的多種細菌。

殭屍病毒能分泌這種物質的理由不得而知。有人說這是為了消滅與之競爭的微生物，有人說只是它代謝排放出的物質剛好是抗生素，總之眾說紛紜。政府只是簡單地聲稱這些肉類是安全的，此外就沒有多作解釋了。

起初堅決反對的民眾因為抗拒不了想吃肉的渴望，最後還是接受了殭屍肉。而且殭屍病毒似乎能讓殭屍肉產生特殊的熟成效果，製造出強烈的鮮味，人們甚至吃上了癮。

最早販賣殭屍肉的公司偽造了肉的來源，因此可以依照法律開罰，但後來那些明確標示是殭屍肉的公司經過法院的判定並沒有觸犯任何法律。

於是家家戶戶的餐桌又逐漸恢復了昔日的豐盛。

不過殭屍獸並非一般的獸類，牠們是不可能繁殖的。

起先還有人試著做殭屍的交配實驗，但殭屍的生殖細胞已經死了，無法製造出胎兒，人工授精的研究也始終得不到成果。

殭屍肉崛起時非常迅速，消失時也同樣迅速。

由於肉類曾經短暫地恢復供應，已經對肉類死心的人們又湧出了貪饕的渴望。

於是人們走向荒野山林，找尋所剩不多的野生動物的殭屍——殭屍野味。活的野獸只要一兩發子彈就能打死，但是殭屍化的野獸很難只靠幾發子彈解決，非得完全破壞大腦，或是切斷脊髓的部分，需要花費高額成本才能捕獲，因此被視為高級肉類。

人們的下一個目標則是被關在隔離設施裡的寵物。牠們被關進來時還沒發作，但因人手不足，照顧不周，最後幾乎全都變成了殭屍。嚴格說來，寵物殭屍的所有權應該是屬於飼主的，但是很多飼主在跟寵物會面時發生了被咬傷的意外，所以法律規定原則上禁止會面，也就是說，連飼主也見不到自己的寵物了，這也代表著：即使寵物殭屍在隔離設施裡消失了，也沒有任何人會發現。

為了賺錢不擇手段的人絕對不會疏忽了這個事實。

隔離設施早就因為寵物殭屍不斷增加而忙不過來，當然也無法進行嚴格的管理，頂多只是隨便用繩子把寵物綁住、防止牠們互相啃食罷了。

黑心商人賄賂了設施裡的員工，買走寵物殭屍，加工之後再拿出去賣。這種肉同樣賣得極好，但沒過多久也被爆出了真相。

人們大力抨擊說不該把寵物拿來吃，但法院判例認定寵物在殭屍化之後就等於是廢棄物，因此這種肉立刻變成了合法食品。

寵物殭屍的肉在市場上持續供應了一段時間，但最後還是被消耗光了。

然而人們對肉食的渴望並不會就此罷休，所以必須找尋新的肉類供應來源。

有些人開始主張說，活性化遺體只是遺體，不算人類。

另外一些人則反駁說，就算不是人類，但無庸置疑地是人類的遺體。決定牛、豬、雞可以食用的是人，食用動物和非食用動物的界線很模糊，一旦人們決定什麼東西可以吃，那個東西就成了食用肉類。不能吃狗和貓只是一部分人的想法，現在大家不都在吃變成殭屍的狗和貓嗎？只是因為大家決定狗和貓可以吃，狗和貓就成了食用動物。

有些文化本來就能容許吃狗吃貓，所以狗貓本來就有供應食用的潛在功能，但人類的遺體不一樣。

有些文化也接受吃人啊。

那不是文化，而是在特殊情況下的應急措施。

不對，確實有些文化會習慣性地吃人，只是因為多半要先殺人，所以在近代遭到禁止，總之吃人的文化並不稀奇。

就算如此，也沒理由積極地復興那種文化。要吃人肉就得先殺人。

又沒必要殺人，活性化遺體已經是遺體了，不可能再殺死一次。

兩派的支持者爭執不休，但是不吃殭屍肉的支持者很難找到理性的論點，所以一般人的觀點漸漸傾向解除食用殭屍肉的禁令。

這時，一種被稱為「猿肉」的稀有肉類開始在市面上販售。店家聲稱品種包含日本猿、黑猩猩、紅毛猩猩、大猩猩、倭黑猩猩、長臂猿、德盧瓦猿等等。

除了日本猿以外，其他的都是少見的類人猿，而德盧瓦猿甚至是連存在與否都還不能肯定的未確認生物，市面出現大量猿肉不能不說是一件怪事。

不過因為掛的是「猿肉」的招牌，大幅降低了吃進肚裡的心理障礙。

就算吃的是已經變成殭屍的人，吃人肉還是會令人有罪惡感，如果吃的是「猿肉」就沒什麼大不了的了。民眾當然也會擔心商人把某些奇怪東西的肉說成「猿肉」，但那並不是消費者應該擔心的事。沒人會去確認超市販賣的糧食究竟是不是走私貨，也沒人會去分析無農藥蔬菜是不是真的沒有在栽培過程中使用農藥。不用說，消費者還是會擔心，但一般人不可能實際去檢驗，所以如果是假的，只要讓商人和政府去負責就好。如果那是假的，應該受到譴責的是商人和政府，不知情的消費者一點過錯都沒有。

「猿肉」經過各種合法及非法的途徑販售，頗受好評。

在這波「猿肉」熱潮中，不少人隱隱約約地意識到的真相終於被爆了出來。或許真相曝光也是早就安排好的。因為等到人們都吃過「猿肉」以後再把真相爆出來，就無法改變這個事實了。

所有人都認為吃「人肉」是一種禁忌，那是褻瀆的、罪孽深重的、骯髒的行為。

在江戶時代以前，日本原則上禁止吃哺乳類動物的肉，但是到了明治時代，肉食的習慣便開始普及。禁忌一旦被打破，就很難再恢復了。

吃過人肉的人一定不願意把吃人視為難以彌補的罪行，沒有人想要成為罪人，所以人們會轉而支持吃人無罪論來為自己辯護。

吃人有罪是因為得先殺人，吃已經死掉的人肉就沒有任何罪過了。況且殭屍又不是人，就算本來是人，現在也不是人了，吃這些形同家畜的東西並沒有錯。

事態演變至這個局面，法院和國會都慌了手腳。

因為死亡的定義一直沒有釐清，所以活性化遺體的定位至今仍不明確。死於突發疾病或意外、或是被野生殭屍攻擊的人沒有經過醫生宣告死亡，所以連火葬都無法舉行，而且因為數量逐年遞增，收容設施都快要容納不下了。話說回來，如果那些算是人類，把他們關進收容所或許是在踐踏人權。

法院正式做出了詭異的判例，在法律上明確地定義死亡之前，可否吃殭屍人肉的結論先按下不表。

國會成立了特別委員會，正式開始調查遺體活性化是否為不可逆轉的過程。

經過大約一年的調查，得到的答案是從來沒有出現過活性化遺體恢復成健康人類的例子，生理學的分析也顯示了活性化遺體完全不可能恢復正常的生理機能。

接下來只要解決一些很簡單的問題，那就是能不能把無法恢復正常人類、四處亂跑的肉體視為屍體，以及能不能吃這些肉體。

這不是科學能介入的問題，而是心態的問題。

又經過了幾年的討論，國會的結論是把這件事交由全民公投來決定。

結果有百分之八十的國民認為活性化遺體是屍體，百分之六十的國民認為可以將其視為糧食。

基於這個結果，國會制定了活性化遺體活用法。

即使遺體依然保持活動，若心肺功能停止、腦波也不存在的狀態持續幾個小時，已經恢復無望的情況下，可以判定其為活性化遺體。
遺體在活性化之前若被醫生宣告死亡，即使已經活性化，仍視為一般屍體。
沒有經過醫生宣告死亡的活性化遺體即是假定遺體。在法律上可視為死者，但身體不按照一般屍體處置，而是按照假定遺體處置。
假定遺體狀態的活性化遺體不進行埋葬。
假定遺體狀態的活性化遺體可視為死者，並依個人自由進行宗教祭祀。
假定遺體狀態的活性化遺體須收容於指定的設施。
假定遺體狀態的活性化遺體屬於國家所有。
但所有權可由國家轉移到任何的個人及法人。
假定遺體狀態的活性化遺體可做為資源加以活用。
但資源也包含糧食在內。

……

字面上看起來非常迂迴，說穿了就是法律已經認同活性化遺體是可食用的。
法院又重新展開殭屍肉的審判，全部判定無罪。
肉商如今可以直接向國營的殭屍收容所購買食用殭屍。
雖然殭屍無法自行繁殖，但人類社會能以固定的效率製造出殭屍。
因此只要管控得宜，就能穩定地供應食用肉類。
加工殭屍肉的方法和過去加工家畜肉類的方法大同小異，不用說，當然沒有屠宰這一道程序，已死的殭屍是不可能再被殺死的，所以只須束縛殭屍使其無法動彈，再進行解體。

殭屍因為神經傳導物質不多，所以沒有痛覺，但他們被解體時還是會抵抗，所以在作業流程之中一不小心，機材就會發生異常移位引發事故，作業員也經常受到重傷而變成殭屍。在這種時候，法律不容許直接將作業員在工廠裡解體，而是要先送到國營收容所，再由業者買下來。

業者雖然希望能簡化程序，但是礙於法律規定，收容所只能接受正式的申請手續。

至於沒有被收容的活性化遺體——俗稱為野生殭屍——就真的是放羊吃草了。搜捕野生殭屍的獵人和肉商絡繹不絕。

照理來說，活性化遺體如果沒被買下就是屬於國家的，所以野生殭屍應該也是國家的所有物，擅自獵捕當然是非法行為。但若怪罪這些私獵者，不用想也知道，批判的矛頭遲早會指向丟著野生殭屍不管的國家與收容所。

隨著時間的經過，狩獵殭屍逐漸演變成一種異常的遊戲。

獵人們為了追求刺激，還會做出非常危險的行動，譬如不使用獵槍，而是使用弓箭或彈弓之類藉著彈力來射擊的武器，甚至有人只拿著一把小刀和殭屍單挑。

殭屍的反應比活人慢多了，智商也很低，所以通常都是活人占壓倒性優勢，不過偶爾還是有人會因單純的失誤或是運氣不好而被殭屍咬到。

發生這種情況時，夥伴有時會急著在那人死亡之前破壞他的大腦，以免他變成殭屍，然而這種行為毫無疑問犯了殺人罪。

如果冒著危險等到那人完全死亡、變成殭屍之後才破壞他的大腦，就不是殺人罪，只是輕微的損毀罪。差個短短幾分鐘會帶來截然不同的後果。

更瘋狂的玩家則是完全不帶武器，只憑著赤手空拳去狩獵殭屍。

說是這樣說，想要徒手破壞大腦和脊髓這些中樞神經可不是容易的事，所以他們不這麼做，只會把肉取下來。剛死不久的新鮮殭屍肉很難取下，但是死亡比較久、肉體損傷比較嚴重的「熟成殭屍」就能輕易地取肉。

他們會悄悄地逼近漫步的殭屍，然後突然衝出去撕咬他的肉體。如果咬的是手腳或身體，殭屍的頭還是能自由活動，有可能會被咬，因此殭屍獵人都是咬他們的脖子，直接把肉扯下來。等到技術熟練之後，無論是手或身體都能迅速地咬下肉來。

像這樣直接啃食還在活動的殭屍被稱為「活吃殭屍」，這些獵人自稱為「食屍人」。

食屍人的皮膚、頭髮、衣服上都沾了乾涸的血跡和人類脂肪，從外觀看起來簡直和殭屍沒兩樣，他們自己倒是為這副模樣感到自豪。

5

這個地方與其說是市郊，還不如說是荒地。因棄置已久儼然成了溼地的農地之中有一道髒髒的圍牆，這道圍牆很長，彷彿往兩旁無限地延伸。

琉璃緩緩地下車，站在陽光照射的溼濡地面。她的穿著暴露得近乎泳裝。琉璃按下對講機的按鈕。

「哪位？」

聲音聽不出來是男是女。對講機已經快壞了，但這裡的人似乎懶得修理。

「我姓八頭。有狩先生應該提過我會來吧？」

「有身分證明文件嗎？」

琉璃在口袋裡摸索，找到了一張小卡片。

「對講機旁邊有鏡頭，可以把文件拿近點嗎？」

「你該不會打算光用眼睛看吧？沒有掃描機之類的東西嗎？」

「請放上去吧。我用眼睛看就行了。」

琉璃在鏡頭前搖晃著卡片。

「請不要搖晃。」

琉璃停止了動作。

「那不是身分證明文件吧？」

「是身分證明啊。」

「那只是普通的名片吧？」

「嚴格說來，這是附照片的名片。看，上面有我的臉呢。」

「如果妳想繼續開玩笑，我就不能讓妳進來了。」

「有狩先生明明說過可以啊。」

「那妳就得先證明妳真的是八頭本人才能進入研究所。」

「就算你這麼說，我又不會隨身攜帶身分證明書。」

「妳是開車來的吧？」

「是啊，那又怎麼樣？這裡沒有停車場嗎？」

「不是的。既然妳會開車，那妳應該有駕照吧？」

琉璃想了一下。「嗯，或許吧。」

「請出示妳的駕照。」

「我找找看……有了。」琉璃拿出了駕照。

「名字不對。」

「琉璃算是我的藝名啦。」

「可是這樣的話……」

「那就請你直接聯絡有狩先生吧，他看到我的臉就知道了。」

幾分鐘後，門打開了。

「什麼嘛，把我擋在門外都不用道歉一聲嗎？算了，反正我也不需要。」琉璃把車子開進研究所建地內的柏油路。

背後的門突然關上。

但是琉璃並不驚慌，依照這研究所的性質，有兩層門禁也是理所當然的。

過了一陣子，內側的門打開了。

門內是一片廣大的土地，但看起來跟外面的溼地沒什麼兩樣。

車子已經濺滿泥巴，所以琉璃毫不遲疑地向前開。

她要去的建築物在一公里之外。

因為這裡是溼地，所以不能開太快。

途中她遇見了幾具漫步的殭屍。

琉璃心想，這裡是研究所內，所以那應該不算野生殭屍，而是家畜殭屍吧。

車子一靠近建築物，入口便打開了。這裡大概也有兩層門禁，房間底端是另一扇關著的門。

琉璃直接把車開進去。

附近看不到殭屍，但還是應該避免在室外下車。

背後的門關上的同時，內側的門也打開了。

一個白衣人站在那邊。

「初次見面。」琉璃下車打招呼。

「初次見面。」白衣人說道。奇怪的是就算親耳聽到聲音，還是聽不出是男是女。看來不是對講機的問題。「我是這間研究所的所長豬俣。」

豬俣頻頻打量琉璃的服裝。

「怎麼了?」

「沒有。我還以為妳是賽車女郎還是什麼。」

「常有人這麼說。不過現在的賽車女郎會穿得比較多。」琉璃親切地閒話家常。

「能見到殭屍研究所的所長真是太榮幸了。」

「這裡不是殭屍研究所。」豬俣正經八百地否認了。「是細胞活性化技術研究所。」

「但是一般人都叫這裡殭屍研究所。」

「他們是誤會了才會這樣說,這裡並不是那種地方。」

「但你們研究的確實是殭屍吧?」

「殭屍是不存在的,那種東西只會出現在電影裡。」

「我明明在外面看到了四、五具。」

「妳看到的是活性化遺體。」

「是啊,那不就是殭屍嗎?」

「它們的確有一些特徵類似電影裡的殭屍,所以一般人都叫它們殭屍,但若把活性化遺體稱為殭屍很容易造成誤解。」

「什麼?會造成怎樣的誤解?」

「譬如殭屍照到陽光就會蒸發,或是害怕十字架之類的。」

「有人就是把吸血鬼和殭屍混淆了。」

「那是吸血鬼吧？」

「不會吧？現在應該很少人從來沒有看過野生殭屍，誰都知道殭屍照到陽光不會蒸發。」

「我沒辦法像妳這麼樂觀。」

「好吧。總之你們是在研究活性化遺體沒錯吧？」

「我們研究的不是活性化遺體，而是死者細胞活性化機制。」

「這兩者根本就沒有差異吧……啊，你不用跟我解釋，我不想白白浪費腦細胞。」

「我不會解釋的。我也不想把腦細胞白白浪費在解釋上。」豬俣可能是在出言諷刺，但琉璃一點都不在意。

「葦土先生以前是在這裡工作吧？」

「是的，他是我們的核心研究員。」

「他做的是怎樣的研究？」

「死者細胞活性化機制的研究。」

「那不是這間研究所的研究主題嗎？」

「當然，所以他研究的也是這個。」

「要這樣說的話，這間研究所的每一個研究員不都是在研究這個嗎？」

「我剛才就這樣說過了吧？」

「這裡總共有多少研究員？」

「大概一百人左右吧。妳想要精準的數字嗎？我可以去查查看，要花一些時間就是了。」

「不用了，我知道個大概就行了。你們的一百個研究員都在研究相同的項目嗎？這樣效率會不會太差？」

「我有說所有人都在做相同的研究嗎？」

「沒有。但是你說研究的主題都一樣。」

「只有大主題一樣，實際上每個人研究的小主題各不相同。」

「沒錯，我問的就是這個小主題。難道你真的以為我想問的是全體共通的大主題嗎？還是你故意耍我？」

「我也覺得問全體共通的大主題很愚蠢，不過妳若是真的問。我也只能說了。」

「我才沒有要問大主題。」

「那妳應該一開始就要講清楚。」

「是怎樣？你是存心跟我打太極拳嗎？你想要我快點離開嗎？」

「第一個問題的答案是No，第二個問題的答案是Yes。」

「你果然希望我快點走。」

「的確是這樣。」

「理由呢？」

「因為妳打擾到我工作了。我的工作可是堆積如山。」

「很遺憾，這就是我的工作。打擾你工作也包含在內。」

豬俣聳聳肩。

「如果想要我快點離開，就好好地回答問題吧。」琉璃說道。「葦土先生在這間研究所裡研究什麼呢？」

「他的研究項目是最高機密。」

「我不需要這個答案。」

「那妳可以離開了嗎？」

「不，我是說我不想聽什麼最高機密的敷衍說詞。請你回答我，他到底在研究什麼？」

「我已經說了這是最高機密。」

「不能跟外人說嗎？現在已經有一個人死了，變成了殭屍，你還在跟我扯什麼最高機密的。而且這是你們的老闆有狩先生的命令，所以我並不算是外人。」

「我沒辦法說。」

「你就姑且忘了這裡的規矩吧。」

「我並不是因為規矩才沒辦法說。」

「那是為了什麼理由？」

「因為我不知道，所以沒辦法說。」

「哎呀。」琉璃擺出投降姿勢。「你要我怎麼相信？」

「他的工作是最高機密。所謂的最高機密，意思就是連我也不知道。」

「怎麼會連上司都不知道他的工作內容？」

「嚴格說來，我不算是他的上司。」

「那誰是上司？」

「有狩執行董事。」

「唔……那你可以幫我聯絡有狩先生嗎？」

「這恐怕不太方便……」

「為什麼不行？」

「因為我剛才已經為了確認妳的身分而聯絡過他了。」

「那又怎樣？」

「執行董事在工作時被打擾會很不高興。」

「真巧，我也是。請你現在立刻聯絡有狩先生，否則我就會繼續留在這裡打擾你的工作。」

琉璃被帶到了事務室。

豬俣聯絡了有狩。

「他會出現在螢幕上，你們可以直接對話。」

「能不能一次解決啊？」一臉不高興的有狩出現在螢幕上。「喔？是妳啊？」

「這裡的所長太沒用了，所以我只好聯絡你。」

「嚴格說來，那位不是所長，而是設施長。」

「你不糾正我說他太沒用嗎？」

「不需要。」有狩說道。「豬俣，為什麼你沒辦法處理好這件事？」

「因為她問了一些葦土的事，但我不知道那些事。」

「葦土的事你應該全都知道吧，你明明是他的上司。」

「我沒辦法，她問的是他的研究項目。」豬俣解釋說。

「他的研究項目跟案件無關吧？」

「我要聽了以後才能判斷。」琉璃插嘴說。

「不好意思，他的研究項目屬於商業機密。」

「這件事本來要在昨晚的派對公開嗎？」

「沒錯。」

「既然如此，說出來又有什麼關係？」

「重點是公開的時機。如果發生那種事情之後才公開，會損害公司形象。」

「如果他的研究重要到能影響公司業績，就算引發凶殺案也不奇怪吧。」

「總之請妳當作研究內容和案件無關，就這樣進行調查吧。」

「你無論如何都不能告訴我他的研究內容嗎？」

「是的。」

「那我就要退出調查。」

「妳是在鬧脾氣嗎？」

「不是，只是沒幹勁了。」

「妳不調查也無所謂，反正警方會調查。」

「那就沒問題了。我會把剛才獲得的消息賣給媒體賺些零用錢。」

「等一下，妳聽到了什麼？豬俣！你對她說了什麼？」

「我什麼都沒……」

「被殺的葦土先生正在進行最高機密的研究，光是這樣就足以當作報導題材了。」

「那是公司的機密。」

「是嗎？但我又不是你們的職員，我才不管這個咧。」

「偵探應該也有保密義務吧？」

「被行政機關知道的話可能會被勒令停業，不過你應該比我更頭痛吧？」

「妳是在威脅我嗎？」

「不，我只是覺得無所謂。」

有狩想了一下，最後開口說：「好吧，是我輸了。我會說明葦土的研究內容，但是妳要先正式簽署保密契約書。」

「好的。」

「豬俣，把保密契約書交給她。」

琉璃看了豬俣拿來的契約書，簽下名字。

「豬俣，沒有其他人在那個房間裡吧？」

「是的。」

「那你也先迴避一下。」

「好的。」

豬俣瞬間露出了不服氣的表情，但很快又恢復常態，乖乖地離開。

「葦土研究的是殭屍化的反轉程序。」有狩確定豬俣已經離開，才低聲說道。

琉璃吹了一下口哨。「成功了嗎？」

「僅限於細胞的階段，還沒辦法讓殭屍變回活人。」

「以後有可能做到嗎？」

「就是因為有人會這樣誤解，我們才得慎重地發表這件事。我可要先說清楚，就算殭屍化的細胞能恢復成正常細胞，也不代表死人可以復活。從心肺功能停止到腦死，細胞並不會立刻死光，而是還能再活個一天左右，但是殭屍化的細胞就算恢復正常，也只是讓殭屍恢復成普通的屍體罷了。」

「什麼嘛。這種發表哪裡重要了？」

「要保存活生生的器官是很困難的，有些細胞組織可以冷凍保管，但大部分的細胞都會被冷凍破壞，不過器官若是殭屍化，就能達成半永久保存，還能在需要的時候恢復成正常的器官。」

「這種技術可以立刻付諸實用嗎？」

「這就不知道了，能成功做到的只有葦土，其他的研究員都無法重現實驗。」

「只研究到這個階段就要公開嗎？」

「所謂的新發現、新發明就是這樣的。如果其他研究機構能夠重現實驗，就能進入實用階段了。」

「葦土有沒有可能是因為這樣才被殺的？」

有狩聳了聳肩。「如果要偷走他的研究成果，應該潛入研究所才對。殺了他什麼也得不到。」

「挺有道理的。」

「妳也同意嗎？」

「是啊，雖說知道這點也沒有幫助。」

「那後面的事就交給豬俣了，妳去跟他談吧。」

有狩結束了通訊。

片刻以後，豬俣回來了。

「還有事嗎？」

「是的，我有幾個問題。研究所的建地之內有殭屍……不，有活性化遺體走來走去，那是怎麼回事？」

「外面並不是研究所的建地。」

「那是什麼？」

「這裡是國立活性化遺體收容所的建地，因為活性化遺體的數量太多，室內容納不下，就放到外面了。」

「外面？」

「說是外面，但還是在圍牆裡面，沒什麼大問題。」

「這該說是殭屍牧場嗎？」

「確實有人這樣批評。」

「也就是說，這間研究所是蓋在殭屍牧場裡面囉？」

「因為這裡可以方便拿到研究樣本。」

「所以你們就在國營設施裡面擅自搞起了研究？」

「我們並沒有違法。這是活性化遺體相關法案認可的行為，我們也有支付費用給國家。」豬俣說道。「請不要開口殭屍閉口殭屍的，正確的說法是活性化遺體。」

「可以讓我看看葦土先生的研究室嗎？」琉璃忽視了豬俣的糾正。

「好的，執行董事已經發下許可了。不過警方已經搜查過研究室，帶走了一些證據。」

「無所謂。」

兩人在陰暗的走廊上前進，來到了葦土的研究室前。

豬俣刷了卡，門就打開了。

「案發以前有誰可以進來？」

「葦土和我，還有公司的高層。不過也有可能像現在這樣把別人帶進來。」

房間裡擺著幾臺電腦和研究設備。

琉璃觀察著冷凍庫和恆溫槽的裡面。

「啊，溫度是要管控的，隨便打開的話……」

「裡面幾乎都快空了，警方蒐證時也帶走了一些樣本嗎？」琉璃指著恆溫槽裡面說道。

「不知道，我還沒確認過。我還以為他們只帶走了文件和紀錄媒體而已……」

「沒有樣本消失嗎？」

「不知道。我根本不知道原來放了哪些樣本……」
「那你知道現在放在這裡的樣本是什麼嗎？」
「怎麼可能知道？這可是別人的研究樣本。」
「分析以後就知道了吧？」
「有可能，但是需要費不少工夫。因為其中可能有些危險物品，所以必須很小心地分析。」
「你能幫忙分析嗎？」
「只要公司同意就行。但是得花不少費用，我不確定公司會不會同意。」
「如果說是為了調查呢？」
「若是警方提出這個要求，公司還有可能評估討論，若是妳提的就不太可能了。」
「如果是有狩先生的要求呢？」
「很難說，他只不過是執行董事之中的一位。」
「所謂的危險物品可能會造成什麼情況？」
「我一點都不清楚。」
「你想得到哪些例子？」
「說不定有感染力極強、能夠抵擋人類免疫系統的病毒。」
琉璃連忙用指尖捏著恆溫槽的門，將其關上。
「真的有那種東西嗎？」
「我不知道，這只是我隨便猜的。」

「如果真的有那種東西，那可是足以使全人類滅亡的病原體耶。」
「這並不是完全沒有可能的。」
「分析那種東西安全嗎？」
「想要安全就必須花上高額費用。」
「如果不分析的話要怎麼處理？」
「可以連容器一起焚毀。用超高溫一瞬間蒸發。燃燒產生的氣體當然也會回收，確認是否無害。」
「這種方法不用花錢嗎？」
「當然也要花很多錢，但是絕對比不上分析的費用。」
「如果公司決定不出錢，那要怎麼辦？」
「不怎麼辦。」
「什麼不怎麼辦？」
「就這樣一直放著。」
「那或許是能毀滅全人類的病原體耶。」
「只是有可能，說不定根本沒有那種病原體。大部分的人都會覺得為了不知道存不存在的東西花那麼多錢很愚蠢。」
「有些發電廠也不會為了不知道會不會發生的海嘯做防範措施。」
「再怎麼樣也防範不了所有的危險，多少都得妥協。」
「我明白了。總之只能繼續丟在這裡了。」

「這是最明智的。妳還有其他事嗎？」
琉璃想了一下。「現在沒有。等我想到什麼會再跟你聯絡。」
「希望妳不會再想到什麼。」
琉璃離開了研究所。

6

汽車引擎發出喀噗喀噗的刺耳聲音停了下來。

琉璃有一種不好的預感。想要檢查引擎，就必須下車，但這裡是殭屍牧場的正中央，可以的話，她實在不想下車。

琉璃拿起手機撥打。

「目前無法接聽電話……」話筒裡傳出答錄機的留言。

「我被困在殭屍研究所外面的『殭屍牧場』了。再聯絡。」琉璃留下訊息之後又打電話給研究所。

「喂？」是豬俣的聲音。「這裡是 Ultimate Medical 公司細胞活性化技術研究所。」

「我是八頭，我在你們的牧場裡拋錨了。可以立刻來幫我嗎？」

琉璃的話還沒講完，電話就掛斷了。

她想再打一次電話，卻發現收不到訊號。

怎麼可能突然收不到訊號？

琉璃望向研究所。

屋頂上的天線似乎是手機用的。也就是說，如果研究所出了什麼狀況，手機就無法通話了。

那麼現在發生了什麼狀況？

汽車停在牧場中央太突兀了，很可能會引起殭屍的注意，如果一大群殭屍圍過來，她就沒辦法下車了。想要修車只能趁現在了。

琉璃下了車。她打開引擎蓋，沒有看到明顯異常的地方。或許是電瓶出了毛病。如果是這樣，就沒辦法在這裡修理了。

琉璃觀望著四周。

放眼望去所能見到的建築物只有研究所，距離大約五百公尺。

去那裡求助是最合理的方法，但她很在意研究所天線失靈的事。

如果是某人刻意關閉了基地臺，會怎麼樣呢？既然有人對她懷著敵意，就算她到得了研究所，或許會進不去。如果不是蓄意為之，而是因為研究所內發生了某種意外，她也可能進不去。最壞的可能是研究所內出現了生化危機。

琉璃開始想像研究所的門開到一半、她就被成群殭屍襲擊的畫面，不由得全身發抖。

這裡距離牧場的門也是大約五百公尺，到了那邊還得想辦法突破大門，不過只要出得去就安全了。

琉璃思考了一下，要爬過十公尺高的大門太難了，或許還是該返回研究所。正想到這裡，她突然意識到旁邊有動靜。

在高大雜草的掩護下，殭屍們已經來到離她幾十公尺遠的地方。

全速奔跑的話不用擔心會被殭屍追上，但琉璃發現殭屍的數量非常多，或許草叢裡還躲著更多的殭屍。不對，殭屍不會故意躲起來，只是她自己看不到罷了。總之，如果她被包圍，無論殭屍速度再慢，她也逃不掉。

為了慎重起見，琉璃選擇躲在車內。

她不知道這個決定到底是吉是凶。

過了幾分鐘，車子周圍就擠滿了殭屍，大約有上百具，他們全都發現了琉璃，正慢慢聚集過來。看來「殭屍牧場」裡確實有很多殭屍。

殭屍們開始摸汽車。

幾乎每具殭屍的手都受了嚴重損傷，所以車窗沾上了黏稠的黃褐色體液。它們的血管內幾乎不剩半點血液，所以體液不是紅色的。

殭屍們不在意其他殭屍的存在，依然絡繹不絕地湧來，離得近的殭屍被擠得貼在車窗上，有的還被推到引擎蓋上。

就算是這個局面，殭屍也不會想到要用石頭打破車窗，它們只是徒然地拍著車窗，想要抓到琉璃。

琉璃鎖上所有車門，又檢查看看車窗是否緊閉。

殭屍的力氣再大，頂多也只是和活人一樣，不太可能徒手打破車窗，所以她可以等著手機恢復訊號再向人求救。

琉璃做了個深呼吸，試著讓自己冷靜下來。

她發現車子裡出現一股殭屍特有的淡淡酸甜味道。

貼在車窗上的不只是殭屍的手，還有它們的臉。那些臉正張開嘴巴，想要啃食琉璃，還用破爛的舌頭舔著窗子。

只要不去在意，就沒什麼大不了的。這些東西沒有智慧，絕對想不出闖進車內的方法。

殭屍聚集得越來越多。

車窗全貼滿了殭屍的臉和手，外面的光線照不進來，車裡變得一片漆黑。

琉璃打開了車內燈。

殭屍傷痕累累的臉孔被用力按在車窗上，眼球和牙齒都被擠掉了，那些臉孔潰爛的景象伴隨著骨頭碎裂的咔哩咔哩聲響在她的眼前上演。

情況似乎不太妙。

琉璃開始後悔自己選擇了躲進車裡。

圍繞在汽車周遭的一圈圈殭屍奮不顧身地往車子擠來，所以靠得比較近的殭屍都被壓爛在車外了。

汽車開始喀噠喀噠地搖晃。

琉璃完全無法想像外面到底有多少殭屍。

雖然收不到訊號，她還是試著打電話。

不用說，當然打不出去。

啪喀。

車頂傳來可怕的聲響。有一個地方凹陷了。

琉璃好一陣子無法理解發生了什麼事，但車頂還是有好幾處接連往下凹。

然後她才發現。

車子旁邊的殭屍被外圍的殭屍往車頂上推，已經有幾具殭屍爬到車上了。

殭屍的體重和活人差不多，如果每具平均六十公斤，十幾人就超過一噸了。看來是支撐不了太久。

車頂猛烈地下凹。

如果車體扭曲，或許車門就打不開了。不只是這樣，說不定車門隨時會被擠開。

車頂開始扭曲蠕動。

或許她有兩個選擇……現在她只想得到兩種方法。

第一種是繼續待在車子裡等候救援。

但她不知道車頂還能支撐多久，而且車窗在這麼劇烈的擠壓下隨時有可能裂開。如果車頂和車窗破了，殭屍就會立刻湧進來，想要在狹窄的車子裡和它們對抗是不可能的。如果被這麼多殭屍攻擊，她恐怕一下子就會被撕成碎片。

另一個方法是開門下車。

這個行動乍看很魯莽，主動跳進殭屍堆裡和坐在車子裡等著殭屍闖進來似乎沒啥兩樣。

不過，真的是這樣嗎？

殭屍的智商很低，它們只不過是看到了車子裡的琉璃就聚集過來，如果她突然衝出去，殭屍在短時間內應該反應不過來，只要能趁亂突破殭屍群的包圍，她就有望得救了。

這個策略必須達成幾項條件。她下車以後，必須從殭屍群中擠出去，如果在過程中被抓住，她就玩完了。甩開殭屍的手會耽擱個幾秒鐘，其他的殭屍們在此期間也會陸陸續續地抓住她，這樣她一下子就會被啃食殆盡。

她有辦法不被抓住、順利地衝出包圍嗎？

她最好可以確認外面的情況，事先擬定逃脫的路線，可是車窗都被殭屍的臉遮住了，她無法得知外面的情況，也無法判斷殭屍的數量。也就是說，她只能在開門的一瞬間觀察情況，迅速地規劃好突破包圍的最佳路線，而且開門之後殭屍就會湧入車內，她想再躲進車子裡也辦不到了。

好啦，現在該怎麼辦呢？

車窗外的殭屍群擠成黑壓壓的一片，根本找不到半點縫隙。

所以要繼續躲在車裡嗎？說不定這樣還比較好……

車頂又發出軋軋的聲音往下凹陷，接著破了一個洞。

殭屍的手腕伸了進來。

不能再躲下去了。

她若繼續待在車上，十秒以後就會成為殭屍們的大餐。

下車也有可能變成大餐，但她如果能在一、兩秒內找出逃脫路線，說不定有機會得救。

這是生死關頭的抉擇。百分之零點一的生存機率雖然很低，但總是比零更吸引人。

琉璃打開門鎖，把車門踹開。

車門只開了二十公分就不動了。

琉璃從門縫中鑽出去，朝著眼前的殭屍一頭撞去。

那具殭屍往後倒下，連帶又撞倒了兩、三具殭屍。

琉璃不顧會被殭屍碰到，把腳跨到座位旁邊，全身往外擠出去。

車子四周擠滿了殭屍，它們緊密地靠在一起，看起來根本鑽不出去。

殭屍們都愣住了，但它們盯著琉璃一陣子以後就回過神來，紛紛把手伸向她。

快想啊。一旦放棄思考就必死無疑。

殭屍不斷地湧來，連車頂上都爬滿了。

車子周圍都擠滿了殭屍，所以他們只能往上爬。

往上？

沒錯，就是往上。

琉璃壓住前方殭屍的頭，把自己的身體往上舉。

因為殭屍擠得非常緊密，所以就算被琉璃全身的重量壓住也沒有倒下。

她一邊踢開殭屍的手，一邊賣力地爬到殭屍群的上方。

殭屍們突然被她踩到頭上、肩上，似乎覺得很困惑。爬到車頂的殭屍發現了她，也打算從夥伴們的頭頂走過來。

被她踩在腳下的殭屍不會一直發呆下去。頂多只能拖個兩、三秒吧。一具殭屍抓住了琉璃的腳。

她把那隻手當成起跑架，用力一踢，踩著殭屍群的頭和肩膀邁開腳步狂奔。

「嗚哇！」她忍不住喊出聲。

她心中默默想著，原來在擠得滴水不漏的殭屍群上奔跑會發出這種聲音。

跑了十幾公尺之後，殭屍的密度變得比較稀疏了。

琉璃像在跳房子一樣踏過兩、三具殭屍的頭頂，然後降到地面，滾了一圈卸掉衝擊力，當她起身時，殭屍已經逼近到幾十公分之外。

琉璃朝著大門沒命地狂奔。

現在她踩的不是殭屍而是地面，所以跑起來比較輕鬆，但溼地的泥濘絆住了她的腳，而且到處都長滿了比人還高的雜草，所以視線非常差，她無法確認大門的方向，跑得歪歪斜斜的。

殭屍不會奔跑，所以比較不會被泥濘絆住，它們緩慢而確實地朝著琉璃走來。除此之外，草叢裡還會突然出現埋伏的殭屍——話雖如此，其實它們並不是刻意躲起來的——好幾次嚇得她差點跌倒。

琉璃渾身沾滿泥巴，好不容易跑到門邊。

她輕輕地摸了摸大門，因為擔心門上可能為了防止殭屍靠近而通了電。聽說殭屍不怕電，但不見得每個人都知道這件事。

沒事的。沒有通電。

門上有細細的網目，看起來不太好爬，但是現在有殭屍在背後追趕，琉璃沒時間計較這點了。如果停在這裡猶豫，一下子就會被包圍了。

琉璃攀上門扉，但立刻就滑下來。

她轉頭一看，殭屍距離她大約十公尺。

再跳一次，還是滑了下來。

琉璃沒有再轉頭，因為知道殭屍距離她多近也不會影響她的行動，回頭反而會浪費時間。如果有時間回頭，還不如專心思考該怎麼翻過這扇門。

琉璃確認手指能不能勾住網目。

網目太小了，手指根本勾不住。

如果用指甲呢？

似乎勉強勾得住。

琉璃試著用指甲承受體重。

「呀！」

指甲脫落了。這是理所當然的，人類的指甲不可能承受這麼大的重量。

後方傳來沙沙的聲音。琉璃沒有回頭，繼續思索著下一個計畫。

網子是金屬製的，所以應該多少有些彈性。

琉璃用力把手指插進網目裡。

最後總算是勉強插進去了。

很好。這麼一來只要把左右手的手指輪流插進去，或許就能爬上去了……

可是她的手指卻拔不出來。

慘了。這樣別說是爬上門了，或許還會被卡在原地。我做了一件蠢事。死定了。如果雙手能自由活動，還能打倒一、兩具殭屍全力逃脫……

不，現在沒時間後悔了。

琉璃死命地拔出手指。

唰的一聲，她指腹的皮被刮掉了一層。因為指甲也掉了，所以手指的正反面都是鮮血。為什麼她會落到這個局面呢？

她感覺到了背後的動靜。

到了這個地步，不想回頭也不行了。琉璃轉身揍倒了一具殭屍。

殭屍當然沒有痛覺，也不會昏倒，所以又緩緩地爬起來。

它後面又有一具殭屍逐漸逼近。

這裡的殭屍很稀疏，不可能踩在它們的頭上逃走。琉璃在心中規劃起逃跑的路線，但她想不出任何好主意，不管往哪裡逃都會撞上殭屍。

事到如今，她只能再打倒兩、三具殭屍繼續往前跑了。雖然在對付殭屍時很有可能被追上，但她沒有更安全的做法了。

此時，她的眼前突然垂下一條繩索。

琉璃一腳踹飛了一具殭屍，回頭一看，有個年輕男人站在門外。

是竹下優斗。

「我聽到妳的留言就立刻趕來了，不過還是很驚險哪。」優斗悠哉地說道。

「你能不能用槍或什麼東西來掩護我？」琉璃說道。

「我才沒有那種東西，而且子彈也打不進門和柵欄吧？」

「那你就過來一起作戰啊。」

「我過去又有什麼用？只會兩個人死在一起吧。」

「那你打算怎麼做？」

「抓住那根繩子，我把妳拉上來。」

琉璃把左手和左腳纏在繩子上，用右手和右腳繼續和殭屍奮戰。

「快一點，我快要擋不住了。」

「了解。」優斗拉起琉璃。

沒多久，琉璃就升到了門上。

「接下來要怎麼辦？這裡有十公尺高耶。」

「我還沒想到那裡。」優斗抬頭說道。「妳腳下有沒有地方能綁住繩子？」

「一片光滑，什麼都沒有。」

「跳下來呢？」

「不可能啦。」

「要我先回市區找一張床墊嗎？」

「那就要搞到三更半夜了。等一下……我想到了。」

琉璃把繩子打了一個圈，朝著殭屍所在的那一邊垂下。為了不讓殭屍抓住繩子，她拉起又放下好幾次，總算套住了一具殭屍的脖子。那是一具體格壯碩的男性殭屍。

「就是現在，拉繩子吧。」

殭屍的腳浮起幾公分，看起來像是上吊。不用說，光是吊住脖子並不會使殭屍停止動作，所以它還是不停地掙扎。

「找個地方綁住繩子的另一端。」

「等一下。」優斗找到一根木樁，就把繩子綁在上面。

這麼一來，繩子的兩端就跨越大門、固定在外面的木樁和內側的殭屍脖子上了。

琉璃抓著繩子慢慢地降到地面。

「這方法真聰明。」優斗佩服地說。

琉璃陷入沉思。

「怎麼了？」

「你是怎麼來的？」

「搭計程車啊……」

「計程車在哪裡？」

「啊？已經走了吧。」

「這裡距離市區有十公里吧。」

「那又怎樣？」

「你打算怎麼回去？」

「妳的車子呢？」

「在那裡。」琉璃指著門裡面。

「車頂凹下去了，車門開著，裡面也是一場糊塗。」

「被殭屍搞的嗎？」

「嗯。還有幾具在裡面掙扎，所以車子沒辦法開了。」

優斗一副理解的樣子。「可以請牧場的人送我們回去嗎？」他按了按門邊的對講機。「奇怪？沒反應耶。是不是停電了？」

「我聯絡不上研究所。」

「那我就再叫計程車吧……哎呀！」

「如果停電的話，基地臺也沒用了。」

「基地臺應該會有備用電池吧？」

「這裡的基地臺似乎沒有。」

「妳剛才說這裡距離市區十公里？」

「是啊。」

「等我們回到市區太陽都下山了。」

「既然你這麼想，那就快點走吧。」

7

「這裡還是收不到訊號，明明只剩幾百公尺就到咲山市的市區了。」優斗喃喃地說。

「因為有小山丘，可能是電波被擋住了。該不會連市區都停電了吧？」

「要是連市區都停電，那可就糟了。」

「為什麼？」

「像咲山市這種地方就算有野生殭屍也不奇怪。」

「應該有吧。」

「我可不想在一片漆黑之中碰到野生殭屍。」

「大家都這麼想。」

「妳以前有遇過野生殭屍嗎？」

「沒有吧。不過我倒是常聽見這類故事。」

「我以前和朋友喝酒，不小心就睡在長椅上。」

「這故事應該有個悲慘的結局吧？」

「為什麼妳會這樣想？」

「你的朋友變成了殭屍嗎？」

「妳怎麼知道？」

「因為你特地挑這種時候說出來。」

「我醒來時，看到一具殭屍正貼在我的臉前，我一慌之下就伸手去推，還好朋友抓住我的肩膀把我拖走。」

「伸手去推殭屍的臉很危險喔，很多人都是因為這樣而被咬的。最好的方法是踢它的心窩或小腿讓它摔倒。」

「我知道，但情急之下根本想不到那麼多。我站起來向朋友道謝，朋友大概想要跟我說『不用客氣』之類的話，但他來不及說完，因為有一具殭屍從他背後靠近，咬了他的肩膀。如果他不管我，應該會注意到的。」

「有這個可能，但我覺得他多半不會注意到。」

「妳怎麼知道？」

「明知附近有殭屍還不注意背後，這實在太不小心了。所以他會被咬應該和你無關。」

「聽妳這麼說真是令我開心。但是妳不需要安慰我。」

「我不是在安慰你，而是真的這麼想。還有，你想哭訴是無所謂，但能不能晚點再說？」

「為什麼？」

「因為那樣會分心。」

「妳現在需要對什麼專心嗎？」

「當然是野生殭屍啊。」
「附近有野生殭屍嗎？」
「可能吧。」
「妳怎麼知道？」
「因為我聽見拖著腳步走路的聲音，就在那邊的樹叢後。說不定只是個醉漢，不過在這種地方喝醉的話一定很快就會變成殭屍。」
「妳有帶武器嗎？」
「武器就是我的手腳和頭，你的身上也有一樣的東西。」
「跟殭屍打鬥不太好吧？」
「是啊，逃得掉的話當然是最好的，不過，該往哪逃呢？」
「沒有殭屍的地方吧……」優斗看看四周。「難道我們被包圍了？為什麼會這樣？那些傢伙不是沒有智慧嗎？」
「這不是計畫好的包圍，只是在山裡徘徊的殭屍碰巧撞在一起。」
「看是要回頭，還是要爬上山坡吧。」
「太陽都快下山了，後面的野地會變得一片漆黑。」
「不是有手機的燈光嗎？」
「最好不要讓手機耗掉太多電。」
「既然這樣，那就爬上山坡回到市區吧。」
「那就快一點。」琉璃開始奔跑。

優斗也跟在後面。

爬上山丘，就看到了市區的光。

「手機收到訊號了。」優斗說道。

「總之先去安全的地方吧。」

但是在回到路燈很多的區域之前，得先經過一段幾乎沒有路燈的區域。

「那裡一定是公園。一口氣衝過去吧。」

結果兩人很快就停了下來。

眼前出現一群數量龐大的殭屍。

「要回頭嗎？」

「太晚了。公園的出口應該在那邊，動作快。」

兩人已經精疲力竭，但還是努力地跑下去。好不容易快要跑到出口，前方卻來了一群像是殭屍的集團。

因為它們是背光，所以看不太清楚，只能看出它們的衣服破破爛爛，幾乎接近全裸。從輪廓來判斷，似乎是三男兩女。

「怎麼辦？」優斗問道。

琉璃回頭看看，背後有一大群殭屍逐漸逼近。

「前面只有五個，後面是前面的十倍。我覺得衝過前面那一群才安全。」

「不是『安全』，而是『比較安全』吧。」優斗糾正了琉璃的發言。「兩邊都很危險啦。」

「我就是這個意思。」琉璃說道。「那就走吧。衝啊！」

兩人朝著前方那一群的縫隙衝去。

但是其中一個男性擋住了他們的去路。

動作比想像的快。看來大概沒辦法鑽過去。

既然如此，那就只能硬闖了。

琉璃掄起拳頭，揮向帶頭的男性。

但是有個女性迅速地擋在琉璃面前，她嘴巴張大到下顎幾乎脫落的程度，朝著琉璃的喉嚨咬來。

琉璃連忙蹲低身子閃避。

此時優斗也陷入了苦戰。

兩個男性同時朝他攻過來。

他依照琉璃的建議，踢向男性的右腰。

被踢到的男性立刻蹲下嘔吐。

優斗朝著另一個男性揮出拳頭。

但是對方閃躲得很快，所以沒有打中。

琉璃為了阻擋那女性的攻擊，用手擋住脖子。

女性咬住了琉璃的手掌。

「好痛！」琉璃忍不住痛得喊出聲。

糟糕，被咬到了。現在一定有大量的殭屍病毒從那女性的唾液裡入侵她的體內。

女人嫣然一笑。

殭屍笑了!?

琉璃睜大眼睛。「優斗，殭屍笑了耶！」

「哪有可能。」女人說。「妳是活人吧？我本來還以為妳是殭屍。難得我會搞錯。」

啊？

女人從琉璃的身邊跑過去，衝向成群的殭屍。

不是殭屍。

沒錯。從前方來的那群半裸男女並不是殭屍。

「嗚喔喔喔！」咬了琉璃的女人發出怪叫，衝向翻過山丘而來的一具殭屍。

殭屍倒了下去。

女人咬住殭屍的脖子，直接撕下它的肉。

「嗚嗚嗚嗚啊啊啊嗚嗚嗚！」殭屍痛苦地叫著。

女人抓住殭屍的下顎，令它無法張嘴，然後繼續啃食它脖子的肉。

正在跟優斗纏鬥的兩個男性似乎突然對他失去興趣，他們丟下優斗，朝著殭屍群跑去。

優斗鬆了口氣，癱坐在地上。

那兩個男性各自架住殭屍的左右兩手，用體重將其折斷。

殭屍甩著兩隻斷手繼續朝他們走近。

他們抓住殭屍搖搖晃晃的兩隻手，朝它的膝蓋用力踢下去。
殭屍的膝蓋往反方向扭曲，全身向前撲倒。
「嗚喔喔喔啊嗚。嗚喔喔喔啊嗚。」那具殭屍似乎察覺到危險，想要逃走，但它的手腳已經折斷，自然是動彈不得。
男人們撕碎殭屍的衣服。
它的胸部露了出來。因為傷得太嚴重，看不出來是男是女。
一個男人抓住它右邊乳房，撕下肉塊。
混濁的黃色體液飛濺出來。
男人的喉嚨發出咕的一聲，開始大啖胸肉。
「原來如此……」琉璃喃喃說道。
「什麼原來如此？」優斗幾乎是用爬的來到她身邊。
「這就是活吃殭屍啊。」
「喔喔，這些人是食屍人啊。這不是犯罪嗎？」
「是啊，那是輕微犯罪。不過他們救了我們，所以我不想批評他們。」
「是這樣沒錯。」
男人們繼續撕扯殭屍的腹部。
變成褐色的黏稠內臟露了出來。
「嗯……」優斗低下頭忍住嘔吐的衝動。
那些人撕裂殭屍的胃袋，吸食著裡面的東西。

「他們在幹什麼？」

「這興趣實在太低劣了。你想想，殭屍的胃裡會有什麼？」

「那些人不是要吃殭屍，而是要吃人肉嗎？」

「胃裡的東西也是殭屍的一部分，所以這樣不算損毀屍體。」

「重點不在這裡吧？」

男人們繼續徒手肢解殭屍，抓起內臟、骨頭、肌肉，吃得滿地都是。

殭屍已經是死的，所以就算變成這副德行還是繼續動著。不知道它是否知道自己身體的狀態，只見它仍然不斷地轉動著脖子。

女人沒有設法停下殭屍的活動，只是用跳舞般的動作從持續動著的殭屍身上撕下脂肪和肉塊。

「活吃是這樣吃的嗎？要一邊吃一邊活潑地跳舞？」

「或許吧。」琉璃呆呆地看著他們。

女人故意在殭屍的面前揮舞著手，殭屍不斷張嘴試圖咬她。

她看準了這個時機，咬住殭屍的臉頰，撕下臉肉。

殭屍的臼齒暴露在外，此時可以清楚看見它的牙齒如響板一樣喀喀地咬合。

女人繼續啃下它的眼皮。

殭屍混濁空虛的眼球露了出來。

女人把嘴貼近殭屍臉旁的模樣看起來彷彿一幕愛情戲，但她每次靠近都會把殭屍的臉啃下一部分。

它臉上的皮膚逐漸被啃食殆盡，只剩下肌肉。

女人的嘴貼上殭屍的右眼，吸出了眼球。她似乎很享受眼球在舌頭上翻滾的觸感，露出陶醉的眼神，不時發出嘆息。

殭屍仍然努力貼近她。

女人又啃下它左臉的肌肉。

因為少了左側的肌肉，殭屍的下巴歪了一邊。

接著女人把它的鼻子連帶著軟骨咬下。

殭屍的臉上出現了一個洞，濃稠的綠色膿液從裡面流出來，女人像是在吃冰淇淋一樣舔食著那些膿液。

她又啃下了右臉的肌肉，殭屍的下顎垂了下去，沒辦法再合起來。

女人把手伸進殭屍的舌下，扯斷整塊下顎。

下顎的周邊滴著黃色的黏液。

殭屍雖然沒了下顎，還是想要咬那個女人。

女人摟住殭屍，吸著它的舌頭，然後把舌頭咬下來。接著她撕開那破爛的衣服，慢慢剝下它的皮膚，放進嘴裡咀嚼，像在嚼口香糖一樣。

殭屍如同成了一尊人體模型。

女人用手刀刺進殭屍的腹肌，撕開一道裂痕，然後把手伸進去，拉出內臟。

同樣是取出內臟，但她的作風和之前兩個男人截然不同。

男人們先讓殭屍無法動彈，然後才取出它的內臟。

而女人卻是在殭屍依然動著的狀態下有如跳社交舞一般開開心心地吃，活吃對她來說好像不只是為了滿足食欲，更是為了炫耀自己的技術。

女人把肌肉損傷控制在最低限度，一點一點地拿出殭屍體內的內臟和脂肪。當然，她沒有全部吃完，多半都只是丟在地上，但她似乎不覺得浪費。

琉璃心想「糟蹋食物會遭天譴喔」，但她沒有說出口。老實說，她死都不想惹火那個女人。

這個食屍人集團還有一男一女，他們只是站在公園門口看著其他夥伴的作為，臉上笑咪咪的，似乎十分享受。

女人和兩個男人的身邊又有其他殭屍聚集過來。他們可能打算一邊作戰一邊思考策略，但他們到底要怎麼逃走呢？

突然傳來一聲慘叫。

仔細一看，剛剛還在愉快地肢解殭屍的其中一個男人按著自己的脖子。他大概是太沉迷於肢解了，所以沒有注意到背後有殭屍靠近。

另一個男人立刻後退，對被咬的夥伴擺出了戰鬥姿勢。

「等一下，我又還沒死。」

但是另一個男人沒有回答，好像在靜待著被咬的男人變成殭屍。

「不可能有這種事的。」被咬的男人開始逃避現實，望向遠方，嘿嘿地笑著。

食屍人們專注地監視著他的舉動。

被咬的男人露出害怕的眼神，突然拔腿奔跑。

先前享受活吃的那個女人猛追在後。

琉璃也跟著跑過去。

逃跑的男人失去平衡，倒在地上，再站起來時，他的眼睛已經變得混濁。

女人立即衝過去，騎在男人身上，戳瞎他的雙眼。

「她的戰鬥技能真熟練。」琉璃佩服地說。「而且她大概也很習慣對付變成殭屍的夥伴了。」

剛變成殭屍的身體還沒有太多損傷，想要徒手撕裂不是一件容易的事，所以她才先戳瞎對方的雙眼，讓它失去行動自由。

變成殭屍的男人張大了嘴巴。

女人朝它的嘴一腳踢過去。

殭屍的牙齒紛紛落下。

女人似乎有一套令殭屍失去戰鬥力的程序。

她繞到殭屍背後，抓住它的頭，用全身的動作一扭。

一聲悶響迴盪在公園裡。

脊髓遭到破壞的殭屍立即倒地，再也動不了了。

兩個女人和兩個男人繼續朝其他殭屍進攻，剝奪它們的行動能力。不到三十分鐘，幾十具殭屍全都不能活動了。

「謝謝。」琉璃對女人伸出手。「我叫八頭琉璃。」

「我們不是要救你們，這只是我們的興趣。」女人板著臉說道。

「難道妳……」優斗說。「妳是石崎笑里嗎？」

「是又怎麼樣？」女人不悅地說。

「石崎笑里？是誰？」琉璃問道。

「在這一帶很有名的食屍人，聽說她一晚可以打倒一百具以上的殭屍。」

「是一百七十八。」女人說道。「不過那可不是讚美。」

「那妳真的是石崎笑里囉？」優斗問道。

「嗯，是啊。」笑里一臉厭煩地說。

「能打倒將近一百八十具殭屍，為什麼不是讚美？」

「因為我吃不了那麼多殭屍。嚴格說來，我就連一具都吃不完。如果專挑好吃的、喜歡吃的地方來吃，可能要獵到兩、三具才夠，再多就吃不完了，只是白白地殺掉罷了。」

「殭屍本來就是死的，沒辦法殺掉吧？再說，消滅了野生殭屍，人們也比較方便活動。」

「我狩獵殭屍不是為了幫助別人。還有，殭屍是活的，會走路和進食的東西不可能是死的。」

「殭屍之所以能行動是因為殭屍病毒強制補充了能量到死掉的細胞裡……」

「妳不妨把殭屍病毒和死掉的細胞合起來視為一種生命，活人的細胞也不是各個部分獨立活著吧。殭屍等於是死人和殭屍病毒組成的共生生物。」

「既然妳覺得殭屍是活的，為什麼要殺它們？」

「為了吃啊，把生物殺來吃是自然的道理，沒什麼不可以的。」

「可是，殭屍是……那個……人類的……」

「殭屍不是人類，它們只是以人類的屍體構成，和人類是不同的生物。話說回來，即使是人吃人也算不上違反自然的道理吧。」

「所以妳不希望為了食用以外的理由殺殭屍？」

「沒錯。」笑里點頭。

「既然如此，那妳為什麼還要殺它們？」

「只是因為危險。雖然我希望只殺自己要吃的數量，但它們若衝過來咬我，我為了保護自己也只能殺掉它們了。」

「所以這算是正當防衛？」

「是啊。可是要殺不吃的動物還真讓人提不起勁。」

「那個人呢？」琉璃指著變成殭屍的食屍人。「那不是你們的夥伴嗎？」

「變成殭屍之後就不是我們的夥伴了，那是和人類不同的生物，所以跟生前的交情無關。」

「所以妳可以毫無糾葛地殺了它？」

「就算理智上這麼認為，下手時心裡還是會不太舒服。可是我們已經答應過彼此了。」

「如果自己變成殭屍，就要對方殺掉自己？」

「沒錯。一想到會有個不是我的東西頂著我的外貌到處作亂，實在讓人很不愉快，所以我拜託過夥伴，如果我變成殭屍，他們就要立刻宰了我。」
「妳為什麼要冒著變成殭屍的危險來狩獵殭屍？」
「真是個蠢問題。」
「妳說這是蠢問題，是為了逃避回答嗎？」
「我沒有要逃避什麼，只是覺得不懂的人再怎麼解釋也不會懂。硬要解釋的話，就是『因為那裡有殭屍』吧。」
「像登山愛好者一樣嗎？因為那裡有山？」
「或許跟登山有些不同吧，冒著危險登山能得到的只有成就感，狩獵殭屍會有更實際的獎勵。」
「妳是說殭屍肉？」
「是啊，所以我覺得與其比喻成登山，這更像是抽菸喝酒吧。即使知道有可能傷身，還是無法割捨美味的菸酒。」
「意思是妳明知自己可能會變成殭屍，還是無法割捨美味的殭屍肉？」
「喔，妳理解了嘛。」
「不，我完全無法理解。理論上或許可以理解，但感情上完全無法接受。」
「因為人類的感情是無法用言語解釋的，所以我才說不懂的人再怎麼解釋也不會懂。」
「了解。」琉璃不再試圖理解了。「無論如何我還是要向妳道謝。」
「我都說了，妳向我道謝根本是找錯對象。如果因為登山或喝酒而被人感謝不是很奇怪嗎？」

「那妳就當作我是在自言自語吧。謝謝妳救了我們。」

「既然是自言自語就沒必要回應了。」笑里聳聳肩膀，和夥伴們一起離開了。

8

「要我代替姊姊考試？」琉璃睜大了眼睛。

「絕對不可以告訴爸爸媽媽喔。」沙羅瞪著她說。

「可是，這種事是不對的吧？」

「那又怎麼樣？」

「不對的事是不可以做的。」

「為什麼？」

「因為那是不對的啊。」

沙羅用輕視的眼神望著琉璃。「妳這樣等於放棄思考嘛。妳說『不對的事不可以做，因為那是不對的』，這不就等於在說『黑色的東西是黑色的，因為是黑色的』嗎？」

「是啊，是一樣的。」

「這樣根本什麼都沒有解釋嘛。」

「那姊姊有辦法解釋嗎？」

「當然。」沙羅露出驕傲的表情。「做了不對的事會受到處罰，所以不能做不對的事。」

「看吧，連妳自己也很清楚不對的事是不可以做的。」

「這次沒關係，因為不會受處罰。」

「為什麼？幫人考試鐵定會受處罰的。」

「不會受處罰的。」

「為什麼？」

「還能為什麼？因為絕對不會被發現啊。」

「一定會被發現的。」

「為什麼妳覺得會被發現？」

「因為做了壞事不可能不被發現。」

「這點很重要。做了壞事一定會被發現，既然如此，沒被發現的話就不是壞事了，因為壞事一定會被發現。」

「姊姊，妳在說什麼啊，我一點都聽不懂。」

「沒這回事，姊姊。」

「不，妳應該聽得懂，因為妳的腦袋比我更聰明。」

「沒關係，我是不會受到打擊的，因為妳的腦袋聰明就等於是我的腦袋聰明。」

「姊姊的腦袋跟我的腦袋又不一樣。」

「是啊，但是誰能區分我們兩個人呢？」

「媽媽和爸爸……」

「家人不算啦。我說的是別人。監考老師也是別人吧？」

「或許監考老師無法區分，但是……」

「反正妳又沒辦法入學。」

「那可不一定。」

「雖然妳有通過入學考試的能力，但妳一定沒辦法入學。」

「這點還很難說吧？」

「我就是知道。我說的話有哪一句是錯的嗎？」

「沒有，姊姊。」

「我雖然有考試的資格，遺憾的是我沒有通過考試的能力。」

「這點還很難說吧？只要從現在開始拚命用功……」

「我才不要用功呢，因為我已經想到這個方法了。」

「要我代替妳去考試？」

「是啊。這樣是最合理的，我有資格卻沒能力，妳有能力卻沒資格，我們只要合作，什麼都能得到。」

「可是我又不見得沒有資格……」

「那要不要確認看看？如果妳確認了以後發現自己真的沒資格，那要怎麼辦？到時妳就沒辦法幫我去考試了，因為妳的存在已經被發現了。但是現在還可以用這個方法，這是能發揮我們兩人優點的方法。」

「可是只有姊姊會得到好處吧？」

「妳說什麼？」沙羅睜大了眼睛。

「去考試的是我，能上學的卻只有姊姊。這樣我根本什麼好處都沒有嘛。」

「什麼嘛，裝得一副正氣凜然的樣子，原來妳只是在乎自己能不能得到好處。」

「不是這樣的，我做了不對的事，卻只有姊姊得到好處，這樣到底有什麼意義……」

「我能上好學校，難道妳不開心嗎？我可是妳唯一的姊姊耶。」

「就算能上好學校，如果不是靠著自己的能力……」

「不是靠自己的能力進去就沒意義嗎？妳怎能這樣一口咬定？就算我入學時耍了些小花招，入學以後還是可以當個好學生吧？」

「……是……這樣嗎？」

「而且這對妳來說也不是壞事啊。」

「對我來說？」

「如果替身考試的計畫成功，就表示學校的人無法區分我和妳。」

「是這樣沒錯。」

「這就代表妳也可以去那裡上學了。」

「我？」

「是啊。如果我可以去，那妳也可以去。沒有人會責怪妳，因為根本沒有人知道妳的存在。」

「我可以去那間學校……」

「是啊。妳很想上學吧？」

「可以去讀那間學校簡直就像作夢一樣……」

「看吧，妳明明也能得到好處。怎樣啊？要不要做啊？」

琉璃猶豫了。

沙羅這番話聽起來好像還不錯，對雙方確實都有益處。

可是……

沙羅說的話真的能百分之百相信嗎？

我真的沒有考試的資格嗎？

要確認這件事並不難，但是，如果確認以後失去替身考試的機會又該怎麼辦？

若是依照沙羅的話去幫她考試，我幾乎毫無疑問可以在那間學校裡學習。

那麼，替身考試的壞處是什麼？

沙羅進入不符合自己程度的學校就讀，入學以後一定會有很多場合要叫我去幫她當替身。

可是，那又怎樣？就算我能正正當當地入學，也只不過不是替身，做的事還不是一樣。

衡量過各種可能性之後，還是接受替身考試比較有利。

真的是這樣嗎？我該不會被沙羅騙了吧？

最大的問題在於這是作弊。可是，這是不是真的作弊還很難說。

如果我和沙羅沒有區別，那就不算是作弊了。

琉璃下定決心。

「好，我願意當姊姊的替身。」

「謝謝。我就知道妳會答應。」沙羅輕輕撫摸琉璃的臉頰。

9

「所謂嚇到魂飛魄散就是這麼回事吧。」優斗氣喘吁吁地說道。

「說到底，錯就錯在你不該讓計程車離開。」

「我怎麼知道手機會收不到訊號。」

「是啊，那的確是無法預料的事。」琉璃陷入沉思。

「什麼嘛，妳也同意那是無法預料的事嘛。」

「重點不是無法預料，而是無法預料的事發生的原因。」

「妳是在跟我打機鋒嗎？」

「什麼是無法預料的事？」

「就是沒有想過會發生的事吧。」

「為什麼沒有想過？」

「那是因為……因為很少發生啊。如果是經常發生的事，應該會考慮到，很少發生的事就不需要去考慮了，這是很合理的判斷。當然，很少發生的事還是有機會發生，有些人碰到這種情況時會像事後諸葛一樣地說『事前就該想到各種可能性』，但是要在事前想到所有可能性是不可能的。」

琉璃點點頭。「你說得沒錯。基地臺停電就是很少發生的事，而且還剛好發生在我車子拋錨的時候。」

「這麼說來……」

「這未免太剛好了點……對於希望我死的人來說。」

「會是誰呢？」

「我也不知道是誰，不過有鑒於最近發生的案件，殺害葦土的凶手或許希望我死。」

「為什麼那個人會希望妳死？」

「因為我能找出凶手。」

「為什麼凶手會這麼想。」

「這就是問題了。或許凶手覺得我是個很有能力的人。」

「那個人還挺欣賞妳的嘛。」優斗翻著白眼說。

「這可是關鍵點喔。」

「妳是說凶手對妳印象很好嗎？」

「不是啦，我是說凶手一定認識我。」

「原來如此。」優斗似乎漸漸明白了。「哪些人有機會知道妳今天要去研究所？」

「Ultimate Medical 研究所的全體職員和他們的家人，此外還有警方相關人士。」

「這樣大概有多少人？」

「職員差不多有兩百人，所以應該要再乘以幾倍吧。」

「真厲害，一下子就把嫌疑者的人數減到這麼少。」優斗諷刺地說道。

「不，還可以減到更少。」
「什麼意思？」
「如果凶手知道殺害我的計畫失敗了，說不定會再下手。只要好好利用這個機會，或許可以揪出凶手的尾巴。」
「如果對方是個超級蠢蛋的話。」
「說不定真的是個蠢蛋。」
「蠢蛋想得出密室殺人的詭計嗎？」
「你不覺得就是蠢蛋才會玩密室殺人這種把戲嗎？會想出這麼複雜的東西就已經很蠢了，而且還留下了殺人的證據。」
「既然凶手已經失敗了一次，難道下次不會更慎重嗎？」
「不，我反而覺得凶手會變得更魯莽。」
「為什麼？」
「因為已經沒有退路了。現在凶手不只是犯了殺人罪，又加了一條殺人未遂，應該不會想要再拖延下去，因為時間拖得越久，我找出真相的機率也就越高。」
「總之先聯絡警察吧，說妳現在有生命危險。去找那個叫什麼刑警的……」
「是三膳刑警。這樣真的好嗎？或許應該再考慮一下。」
「為什麼？」
「凶手搞不好就是刑警。」
「妳想太多了。」

「會嗎？我本來覺得那個刑警挺精明的，可是最關鍵的事他都忽略了。譬如能清楚證明那是凶殺案的證據。」

「或許他是故意的？」

「是有這個可能，但是你也無法證明。」

「以我個人的看法，我覺得最好還是先通知警方。」

琉璃想了一下。「是啊，或許這是個好主意。」琉璃拿出手機。「喂喂？我是偵探八頭，請問三膳刑警在嗎？」

片刻之後，三膳刑警不悅的聲音從電話裡傳出。「偵探找我有什麼事？我可不會把案件相關資料告訴外人。」

「剛好相反，我是要來給你提供情報的。」

「不是假情報吧？」

「當然不是。凶手打算殺了我。」

沉默維持了一陣子。

「喂喂？你有聽到嗎？」

「有啦。妳等一下。」他似乎切換了擴音功能，讓其他人也能聽到。「妳有看到凶手的臉嗎？」

「沒有。」

「那他是用怎樣的方法殺妳？」

「讓我的車在牧場的正中央拋錨。」

「啊？」
「你『啊？』什麼啊，我真的差點死在那裡耶。」
「妳能證明真的有人對妳的車子動手腳嗎？該不會只是太久沒保養吧？」
「手機也同時打不出去耶。」
「只是沒電了吧？」
「是突然收不到訊號。」
「也有可能是故障。說不定是車子的故障影響了手機。」
「會有這種事嗎？」
「天曉得，我對機器又不了解。」
「那就不要隨便亂猜。」
「就算車子和手機同時故障，也不能說是殺人未遂吧。」
「是啊。畢竟其他人的手機也撥打不出去。」
「其他人是誰？」
「我的助手。」
「喂，我才不是助手。」優斗抱怨說。「是合作者。」
「那個人和妳坐同一輛車嗎？」
「不是啦，他搭計程車來接我。」
「妳剛才不是說手機打不出去嗎？」
「我是在快要不能打電話的時候打給他的。」

「什麼嘛，巧合會不會太多了啊？」

「就是說啊。」

「我不是那個意思，我說的是妳這番話。聽起來好像很合理，但又有些怪怪的。」

「你是指我在說謊？」

「我沒這麼說，但聽起來就是怪怪的。」

「你有什麼根據？」

「根據就是我的直覺。」

「直覺？那你去檢查一下我的車吧，現在還丟在殭屍牧場上。還有，也順便檢查一下我的手機。」

「我明天就可以去牧場調查，不過妳的手機應該沒有故障吧？」

「是啊，當然。」

「那查了也沒用吧？如果妳一定要查的話，我還是可以幫妳查啦。」

的確，就算檢查手機也無法查出當時有沒有收到訊號。

「好吧，那手機就不用查了。但是車子一定要查。」

「嗯。如果查到了什麼，我會再聯絡妳。」

電話掛斷了。

「他不相信呢。」優斗聳著肩說。

「沒關係，這樣就行了。」琉璃又打了一通電話。

「又是打給警察嗎？」

「不，是客戶。」

「請叫有狩先生聽電話。」

祕書把電話轉給有狩。

「怎麼了？有進展了嗎？」

「是啊，我差點就被殺掉了。」

「這是怎麼回事？」

琉璃又把剛才跟三膳說的話告訴了有狩。

「研究所裡確實有手機的基地臺，那是附近唯一的一座。」

「你能不能幫忙查一下，今天白天訊號是否有中斷過？」

「我也不知道能不能查到。」

「研究所裡想必也是沒辦法用手機。」

「所內本來就禁止使用手機。」

「那為什麼有基地臺呢？」

「詳情我也不清楚，可能是電信公司的要求吧，因為附近沒有其他建築物。」

「就算沒人使用？」

「我想不會連一個人也沒有吧。妳不就用了手機嗎？」

的確，電信公司理當盡量擴大通訊範圍，至於附近有多少人使用手機就是另一回事了。

「因為有人對我的車子動了手腳。」

「怎麼弄的？」

「譬如在油箱裡加水之類的。」

「不太可能吧。」

「為什麼你覺得不可能？」

「因為加水的時機。如果妳一出研究所就拋錨，那不就是在研究所裡被人加水的嗎？」

「有沒有可能是在我來研究所之前已經被加了少量的水？」

「要讓車子在妳離開研究所後立刻拋錨耶，不可能算得這麼精準吧。」

「所以應該可以確定是在研究所裡被加水的吧？」

「我敢跟妳賭一百萬圓，油箱沒有被人加水。」

「為什麼？」

「這是妳剛才自己說的，如果被人加了水，那一定是在研究所裡。兇手有可能做那麼冒險的事嗎？」

「說不定兇手正是故意這樣做。」

「太愚蠢了。不管怎樣，等到警方調查過後就知道有沒有被加水了。」

「那我就等著調查結果出爐吧。」

「妳還有其他事嗎？」

「唔……現在沒有。」

電話掛斷了。

「我也覺得是妳想太多了。」優斗說道。

「我還要打一通電話……喂？是葦土家嗎？」

「喂，還沒有任何進展就打電話給受害者家屬，會不會太急了點？」優斗慌張地說道。

「是的，這裡是葦土家。」

「我是偵探八頭。」

電話的另一端傳來吸氣的聲音。「找到凶手了嗎？」

「還沒，不過我可能找到線索了。」

「有線索嗎？」

「可能有。」

「凶手是誰？」

「目前還不知道。」

「那妳知道什麼了？」

「我知道凶手很焦急。」

「……」燦沉默不語。

「喂喂？」

「妳是在跟我開玩笑嗎？」

「我沒有在開玩笑啊。」

「不然妳是喝醉了嗎？」

「我沒喝醉。現在我真的很想喝醉就是了。」

「凶手為什麼焦急?」

「因為被名偵探盯上了。」

「妳說的名偵探是指妳自己嗎?」

「是啊。不過我自己並沒有這麼想。」

「那是誰這麼想了?」

「凶手啊。」

「為什麼妳知道凶手這麼想?難道妳是凶手嗎?」

「真是如此就大翻盤了呢,不過這次並不是。說來話長,一開始是我的車拋錨了……」

「不好意思,妳能不能直接說結論?目前還不知道凶手是誰,對吧?」

「是啊,還不知道。」

「那請妳找到凶手以後再打電話給我,我沒心情和妳閒聊。」

電話掛斷了。

「我可以表達一下個人看法嗎?我舉雙手贊成葦土太太的意見。」優斗說道。

「你不需要表達看法。」

「前面兩通電話還算是有意義,但是打電話給葦土太太根本沒有半點意義吧?」

「當然有意義。」琉璃四處張望。「那裡有一間感覺很陰暗的酒吧。」

「是啊,確實很陰暗。」

「我們去那裡說話吧。」

「等一下，那一帶的治安不太好耶。」

「嗯，看起來的確是如此。會有殭屍徘徊的地方多半就像那樣，除了殭屍以外還有食屍人。」

「妳打算進去那間一看就像龍潭虎穴的酒吧？」

「我剛剛不是說了嗎？」

優斗愁眉苦臉地看著那間店。「妳常去嗎？」

「不，我第一次看到。」

「再走個兩、三公里就有比較正常的店了。」

「我想在這個地方多待一下。」

「為什麼？」

「治安不好的地方比較適合。」

「我有幾件事得先告訴妳。」優斗看著酒吧，努力地擠出聲音說。

「很重要嗎？」

「是啊。我打起架雖然不弱，但還不至於到無敵的程度，如果以一敵二，我就沒有勝算了。即使對方只有一個人，我也不見得會贏。」

「打贏的機率有多高？」

「視對手而定。我打架的經驗也沒有多到能計算出獲勝機率。」

「你多少還是幫得上忙吧？」

「妳最好不要太信賴我。我也希望我保護得了妳，但我可不敢拍胸脯保證。」
「我喜歡誠實的人。」
「現在可不是開玩笑的時候。」
「我有防身武器啦。」琉璃拍拍自己的口袋。「雖然對殭屍無效。」
「如果被殭屍攻擊該怎麼辦？」
「這裡是市區，不可能像剛才一樣碰到大批殭屍吧。」
「如果對手是活人，妳有信心獲勝嗎？」
「不能說百分之百會贏，但多半沒問題。」
「因為妳有防身武器嗎？」
「這只是求心安的。」
「妳自己也沒把握嘛！」
琉璃朝著酒吧漫步而去。
優斗連忙追上去。
琉璃一打開門，裡面的客人全都望向他們。
這裡的客人大致可以分成兩種。
一種是輕浮的，一種是危險的。
危險的又可以分成兩種。
一種是兩眼無神的，一種是眼神看起來彷彿可以冷靜殺人的。
「有輕浮的，還有危險的。」琉璃喃喃說道。

「在我看來全都很危險。」
「靠牆數來第三人，那人只是輕浮吧？」
「的確很輕浮，但是不代表他不危險，說不定他又輕浮又危險。」
「輕浮和危險能並存嗎？」
「妳仔細想想，光是輕浮有辦法在這個地方生存下去嗎？」
「說得也是。」
兩人一坐下，看起來又輕浮又危險的店員就笑嘻嘻地走過來。
「唔……兩杯啤酒。」優斗盡量裝出很酷的聲音說。
「啊？」店員說。
「我說錯什麼了嗎？」優斗問道。
「錯的是你沒自信的態度。」琉璃小聲地回答。
「老兄，我的聲音太小了嗎!?」優斗大吼道。
「你說什麼？」
「兩杯啤酒。」
「啊？」
「王八蛋，你是在耍我嗎！」琉璃從口袋裡掏出一支看似塑膠製的長筒狀物品。
店裡的所有人都看著他們兩人。
「喂，那是什麼啊!?」優斗被琉璃劇變的態度嚇得大聲問道。
「塑膠手槍，用3D列印就能輕輕鬆鬆地做出來。」

「兩杯啤酒是吧。」店員慢慢後退，消失在吧檯後方。
客人們都把目光從他們兩人身上轉開。
「剛才是怎樣？」優斗低聲問道。
「虛張聲勢。在這種地方非得表現出這種氣勢不可。」
「是沒錯啦，但是那樣不太好吧？」
「哪樣？」
「私造槍枝啊。」
「喔喔。」琉璃在優斗耳邊輕聲說道。「這只是玩具啦。都是拜3D列印所賜，就算是玩具，看起來就跟真的一樣。」
「如果露出馬腳該怎麼辦啊？」
「不要開槍就不會露出馬腳啦。」
店員拿了兩杯啤酒過來。
優斗喝了一口。「一點都不冰嘛！」
琉璃摸摸杯子。「真的耶，是常溫的。」
「怎麼辦？要抗議嗎？」
「店員故意拿這種東西來，我只想得到兩個理由。」
「什麼理由？」
「第一個理由是他們真的只有常溫的啤酒，或許這個地方本來就不是用來喝酒的。」

「不是喝酒那是做什麼用的？」
「這我就不知道了，多半是壞事吧。」
「另一個理由呢？」
「因為他看到我剛才的態度，所以想再惹我發火。」
「為什麼要再惹妳發火？」
「如果我又發火，他就有理由了。」
「有理由做什麼？」
「有理由拿槍出來。」
「喔喔。我覺得這個理由比較有可能。」
「所以現在最好不要反應過大。」
「如果對方又來找碴呢？」
「那就只能離開了，然後在附近找另一間店。」
「為什麼妳堅持留在這附近？」
「我都已經灑了種子，當然要收割啊。」
「灑了種子？」
「我剛才到處宣傳了自己還活著。」
「妳是說剛才打的那幾通電話？」
琉璃點點頭。「這麼一來我還活著的消息很有可能傳到凶手的耳中，所以凶手一定很想盡快把我解決掉。此外，附近一帶對凶手來說比較容易下手，只要假裝是強盜殺人就好了。」
「所以妳是要設下圈套引出凶手？」
「答對了，就是這樣。」
「我可以反駁兩件事嗎？」
「好啊，請說。」
「第一，如果凶手真的下手了，妳可能真的會死喔。」
「我知道會有危險。我已經有所準備了，你不用擔心。」
「妳所謂的準備是指剛才的玩具嗎？」
「噓！就算是玩具，只要對方不確定那是玩具就能發揮恐嚇的效果。除此之外，我還帶了保鑣。」
「所謂的保鑣是指我嗎？我得把醜話說在前頭，我一點屁用都沒有喔。」
「只要有個看起來很能打的人在旁邊就有效果了。」
「什麼嘛，全都是虛張聲勢嘛。」
「你千萬別小看虛張聲勢，我每次都是靠著虛張聲勢而脫離險境的。」
「至少應該找警方來保護妳吧？」
「警方內部說不定有人跟凶手勾結，我才不要冒這種危險。然後呢？另一件事是什麼？」
「如果妳早點把這個計畫告訴我，我就能給妳建議，可惜已經來不及了。」
「什麼建議？」

「就是不要一下子通知所有人，而是一個一個地通知，這樣不是更容易找出凶手嗎？」

「什麼意思？」

「譬如說，如果妳只通知警方，就有殺手找上門，那就表示警方內部有人和凶手勾結；如果沒有殺手出現，就表示警方內部沒有人跟凶手勾結。」

「警方絕對不會讓我知道他們內部的資訊給了誰，所以也無從得知我還活著的消息散布到哪裡去了。」

「還是有一試的價值吧？」

「我不想做那麼沒效率的事，最好的方法就是逼凶手行動，然後直接把他抓起來。」

「我還是覺得這樣太莽撞了。」優斗拿出手機。

「你想打電話給誰？」

「打給那個叫三膳的刑警，叫他來保護妳。」

「等一下，先給我一些時間。」

此時又有客人從門口走進來，那是個年輕男人，他沒有脫下外套，只是在店裡不停張望，好像在跟手中的手機畫面互相對照。

「你覺得那個人在做什麼？」琉璃說道。

「找人吧。」優斗回答。

「大概是來找我們的。」琉璃站起來朝那個男人揮手。

「妳瘋了嗎？」

「總之得先確認那傢伙有沒有殺意，才知道下一步要做什麼啊。」

「確定他有殺意時，妳可能已經被殺掉了吧。」

「反正也來不及了。」

男人注意到他們了，他揮揮手，匆匆朝這裡走過來。

「喂，要逃就趁現在啊。」優斗說道。

「等一下。」琉璃對年輕男人問道。「你是誰？」

男人從懷中掏出一把手槍。

「哇！」琉璃掀翻椅子，躲進桌底下。

男人朝桌子開了一槍。

店內頓時響起一片驚叫。

「八頭，妳沒事吧？」優斗問道。

沒有回應。

琉璃是在裝死嗎？還是……

「喂，別拿那種危險的玩意兒。」優斗對男人說。

男人把槍口瞄準優斗。

「哇啊啊！」優斗一屁股坐在地上。

「別動！」店裡衝出了幾個拿槍的男人。

原來如此。這間店的規矩是准許客人拿槍，但不准真的開槍。

年輕男人停止了動作。

優斗鑽進桌底下找尋琉璃。

琉璃正悄悄地在桌底下移動。

優斗也跟在她身後。

「接下來要怎麼辦？」他小聲地問道。

「總之先遠離那傢伙。希望這間店的圍事可以把他抓起來。」

琉璃從桌底下偷偷地觀察那群人。

年輕男人慢慢把槍口轉向其中一個圍事。

「你是在小看我們嗎？如果你敢對我開槍，立刻就會變成蜂窩喔。」圍事出言恐嚇他。

年輕男人開槍打中一個圍事的腹部。

那人吼叫著蹲下去。

其他圍事的槍全都一起開火。

年輕男人身體中彈，往後飛了一公尺以上，鮮血和肉片頓時四濺。

「原本只是來調查凶殺案，結果卻被捲入槍戰，這真是太沒道理了。」優斗說道。「推理劇和動作片不能並存吧？」

「現實世界就是這樣的，推理和動作都不能割捨啊。」

年輕男人慢慢地站起來。

「哎呀，他變成殭屍的速度太快了吧？」

年輕男人舉槍朝著園事射擊。

「殭屍竟然會用槍！」優斗忍不住大叫。

園事們全都呆住了，似乎也對這出人意料的事態感到不知所措。

年輕男人繼續朝著園事們開槍。

「有智慧的殭屍誕生了？」優斗沉吟道。「我們是不是目睹了歷史性的事件？」

「又不是現在誕生的。」

「他不是才剛被殺死嗎？」

「他沒有被殺死吧。」

「什麼意思？」

「那個男人可能從一開始就是殭屍。」

「從一開始？明明是殭屍卻有辦法拿著手機找我們？」

「就是這樣。」

「不可能吧？」

「你有看到他的行為吧？他竟然在店裡開槍耶，而且還那麼冷靜，好像不在乎自己會被人開槍打死。」

「難道他確信自己會變成有智慧的殭屍？」

「也有這個可能，不過那個男人更有可能打從一開始就是殭屍。假設你吃了『變成殭屍後仍能保有理智的藥』，你能相信那種藥百分之百有效嗎？」

「大概不能吧。」

「如果已經是擁有智慧的殭屍，那就一定能相信這個事實。」
「或許吧。所以呢？」
「從來沒有人聽過會有殭屍擁有智慧，可是我們剛開始查案，這東西就突然出現在我們面前。」
「妳是說，這不是偶然的？」
「我敢跟你打賭，葦土的研究和這具新型殭屍鐵定脫不了關係。」
圍事一個接一個地倒下，有好幾個人也變成了殭屍，開始行動，但看起來不像是有智慧。
最後僅剩的一個圍事把槍口對準年輕男人的臉。
年輕男人用右手擋在臉前。
圍事扣下扳機。
男人的右手被打得血肉模糊。
他把槍換到左手，遮著臉連續開槍。
但是子彈一直沒打中對方。
子彈似乎用完了，男人躲到遮蔽物後裝填子彈。
圍事舉著槍走向男人所在的位置。
「去死吧！」
他正要扣下扳機，剛才還是夥伴的殭屍從背後咬了他。
因為他的注意力都放在年輕男人身上，所以沒有注意到殭屍。

年輕男人站起來，朝著正被殭屍咬的圍事開槍，結束了他的生命。
「我知道你們躲在那邊。」年輕男人說道。
「竟然說話了，真的有智慧耶。」優斗驚嘆地說道。
店裡的客人早就跑光了。
遠方傳來警笛的聲音，可能是有人報警了。
「你死心吧，警察很快就到了。」
年輕男人發出笑聲。「我會在警察來到之前解決你們。」他拿著槍走過來。
「怎麼辦？開口說話不就暴露我們的位置了嗎？」
「我們也有武器啊。」
「玩具槍算什麼武器啊？」
「我的武器不只那個。」琉璃從口袋裡拿出小型武器。
「哇塞！妳還是帶了真槍啊？」
「怎麼可能嘛。看仔細點，這是小型的十字弓。」琉璃把箭裝上去。
「這東西威力如何？」
「被射中的話會受傷。」
「可以把腦袋打爆嗎？」
「不可能啦。」
「那就不能用來對付殭屍了嘛。」
琉璃站了起來，用十字弓瞄準年輕男人的臉。

男人急忙用右手遮住臉。

「那傢伙本來是用右手拿槍的。」琉璃說道。

「是嗎？」

「現在他用左手拿槍，你覺得這是為什麼？」

「因為他兩手都慣用吧？」

「他把槍換到左手之後命中率就降低了。」

「那就是因為他的右手受傷了。」

「會受傷是因為他用右手護著臉。為什麼他不用左手防守呢？這樣就能繼續用右手拿槍了。再說，他為什麼要護住臉？」

「因為臉上有眼睛吧？也可能只是一時情急，想也不想就用右手阻擋。」

「少在那邊囉哩囉嗦的！」年輕男人開槍了。

子彈沒有打中。

琉璃依然站著。

「喂，妳別傻傻地站在那裡，看是要開槍還是要躲起來吧？」優斗說道。

「安靜一點。箭射出去之後還得花時間重新裝上，所以我得謹慎一點，絕對不能射偏。」

「不能射偏？妳要射哪裡？」

年輕男人又開槍了。

子彈似乎從優斗的身邊擦過。

下次一定會中槍。他有這種預感。

「那個，我看妳還是快點躲起來吧……」

琉璃發射了十字弓。

箭射中了對方左肩到手肘之間的地方。

「嗚！」男人的手槍掉了。

「咦？殭屍竟然會覺得痛？」優斗呆呆地張著嘴巴。

琉璃迅速地裝上新的箭，朝著年輕男人跑過去。

男人想用右手撿起槍，卻又猶豫不定。

「右手如果拿槍，就沒辦法保護臉了。」琉璃瞄準了年輕男人的臉，慢慢地走近。「但是你判斷失誤了，如果你立刻把槍撿起來發射，我就沒辦法走得這麼近了。在這種距離下，我的箭可以穿過你的頭蓋骨射中大腦。」

「混帳！」年輕男人想要轉身逃走。

琉璃射出了箭。

箭射中了年輕男人左腳的腳踝。

男人跛了腿。

可能是肌腱被射斷了，他走得跌跌撞撞的。

三個警察走進店裡。

「全都不要動！」警察舉起了槍。

琉璃和優斗舉起雙手。

年輕男人嘆了一口氣，把槍口塞進嘴裡，扣下扳機。

10

「妳說凶手是有智慧的殭屍？誰會相信這種話啊！」三膳惱怒地說道。

「這不是在審問吧？」琉璃向他確認。

「當然，只是在了解案情。你們沒有任何嫌疑。從彈道分析的結果來看，殺死那些店員的人毫無疑問是那個男人——藤倉儀太郎，而且有好幾個警察看見那個男人是自殺的。」

「既然如此，事情不就解決了？那我可以走了吧？」

「妳不說出實話就走掉，我會很困擾的。」

「我不是已經說了嗎？那個叫藤倉的男人打從一開始就是殭屍。」

「殭屍會用槍嗎？」

「那你就不要相信我說的話啊。」

「我當然不相信。妳能不能告訴我真正的情況啊？」

「唔……那麼，如果我說那個男人不是殭屍，而是普通的強盜，這樣可以嗎？」

「當然不可以啊，這根本解釋不了情況。」

「什麼情況？」

「那個男人的心肺和其他內臟都中槍了，那可是會立即死掉的致命傷耶。到底發生了什麼事？」

「是那間店的圍事們開槍打的。」

「這個我當然知道。我們也查出他們使用的槍枝和子彈了。」

「所以還有什麼問題？我一點都不明白。」

「警察到達現場時，藤倉還活著。為什麼？」

「你怎麼知道他還活著？」

「因為警察都看到了啊，他是飲彈自盡的。」

「那就是活著的吧。」

「為什麼他還活著？包括心臟在內，他的內臟明明中了二十幾發子彈耶。」

「我已經回答過很多次了。」

「不，妳沒有說過他還活著的理由。」

「我說過，他早就死了。」

「可是警察……」

「唔……我來整理一下問題。第一，藤倉在警察到達之前中了二十多發子彈。第二，警察到達時藤倉還活著。這兩件事互相矛盾，是吧？」

「是啊，妳來給我好好解釋一下。」

「兩件事互相矛盾，就表示其中有一件是錯的。第一件事應該不會錯吧？這是事實，沒有質疑的餘地。你同意嗎？」

「嗯嗯。我同意。」

「既然如此，一定是第二件事錯了，沒有其他可能性。」

「我都說了，警察已經確認過第二件事了。」

「只要假設『有智慧的殭屍』真的存在，那就說得通了。」

「如果每次發生難以解釋的情況就做一些莫名其妙的假設，那這世上早就充滿妖怪和巫師了。」

琉璃嘆了氣。「那麼，我也不知道發生了什麼事。這樣可以嗎？」

「不，妳一定知道些什麼。」

「我什麼都不知道。我還希望有人能告訴我是怎麼回事呢。」

「如果妳什麼都不知道，藤倉為什麼要殺你們？」

「可能是覺得我會找出凶手吧。」

「這就是重點了。凶手為什麼這麼怕妳？妳只不過是個區區的偵探，放著不管也不會怎樣，凶手何必冒著自曝行蹤的危險去殺你們？」

「可能是覺得我知道些什麼吧？」

三膳點點頭。

「你有什麼根據嗎？」

「根據就是我的直覺。」

「好吧，我會把我知道的事都說出來，但我有個條件，竹下優斗也要在場。」

「就是跟妳在一起的小子嗎？為什麼他得在場？」

「因為他剛好可以一起聽。我懶得再跟他解釋一次。」

「我知道了。我現在就叫他來。」

「我的父母曾經在 Ultimate Medical 公司的研究所工作。」琉璃在那兩人進入房間之後就立刻說道。

「我都不知道有這種事。」優斗說道。

「那是當然，我又沒有跟別人說過。嚴格說來，那間公司算是 Ultimate Medical 的前身，後來不知道是被收購還是合併，資金來源跟原來的不一樣。」

「妳的父母在那間研究所工作和這次的事有什麼關係？」三膳問道。

「這點我完全不清楚，但我對攻擊我們的『有智慧的殭屍』有些頭緒。」

「那到底是什麼東西？」

「我沒有確切證據，只是有這個可能性。」

「別賣關子了，快說吧。」

「藤倉可能是半殭屍（partial zombie）。」

「那是什麼？半冷凍（註1）的殭屍嗎？」

「我又不是在說冰箱。我是指局部的殭屍。」

「一部分？殭屍還有分成局部或全體的嗎？應該沒人看過只有手的殭屍，或是只有頭的殭屍吧？」

註1 partial freezing。又稱「微凍結」。

「不是那樣啦，半殭屍指的是人體之中只有一部分變成殭屍的現象。」

「那其他部分還是屍體嗎？」

「不是。」琉璃搖頭說。「其他的部分還是活的。」

「等一下，我完全聽不懂。不可能又是活人又是殭屍吧？」

「以目前的常識來看確實不可能。健康的人有免疫系統，所以感染了殭屍病毒也不會變成殭屍，如果免疫系統功能降低，殭屍病毒會頓時活性化，令人死亡並變成殭屍。大家都是這麼相信的。」

「絕大多數的情況都像我剛才說的那樣，但我的父母發現了非常罕見的例外。」

「難道不是嗎？」

「那就是半殭屍？」

琉璃點點頭。「你知道什麼是壞死吧？」

「是指身體一部分的細胞死掉了，若是放著不管會逐漸感染其他部位，所以壞死的部分必須切除。」

「半殭屍就是指已經壞死、缺乏免疫系統的人體組織變成殭屍。」

「等一下，我從來沒聽過這種事。」三膳趕緊抄筆記，像是跟不上話題。

「就算組織壞死，還是和身體其他部分的組織連在一起，所以不太可能輕易地變成殭屍，因為身體其他部分的免疫功能會抑制殭屍病毒的活性化。但若碰上血管、神經、淋巴管都完全阻斷的極罕見情況，就只有那個部位會變成殭屍。」

「如果真的有這種事，我們應該早就聽過了。」優斗說道。

「壞死組織的範圍如果很小，就會被其他健康的組織吸收，不容易留下局部殭屍化的痕跡。如果殭屍化的範圍很廣，整個人一定會出現嚴重的症狀，可能是部分器官失去功能，或是血管完全堵死，患者在這種狀態之下鐵定是活不久了，很快就會變成完全的屍體、完全的殭屍。」

「原來如此，所以半殭屍的狀態無法長久維持，是吧？」

「本來應該是這樣的，但我的父母發現了穩定狀態的半殭屍。」

「照理來說，半殭屍不可能長久維持吧？」

「如果殭屍化部位的血管、神經、淋巴管這些輸送物質和資訊的管道被堵死了，所有細胞都會逐漸壞死，讓人完全變成殭屍。反過來說，如果輸送管道還能運作，就會變成穩定狀態的半殭屍。」

「這種偶然的發生機率想必非常低……」

「是啊。有個患者就發生了這種偶然的狀況。血液中出現的血栓堵住了心臟的血管，引起心肌梗塞，血液流不進心臟，因此心肌開始壞死，但是血栓在此時不知為何又衝破了堵塞部位自然流出。當然，現在無法得知到底發生了什麼事，總之血管恢復功能，避免了組織壞死，而且神經得到血液的供給之後也存活了下來，最令人吃驚的是壞死的只有心肌。細胞死亡是無法逆轉的過程。那個患者只有心臟死掉，殭屍化的心臟又開始跳動，還能為活著的部分供給血液。」

「怎麼可能？竟然只有心臟變成殭屍……」三膳似乎難以置信。

「不只是心臟，就理論而言，所有器官都能輕易地像這樣局部殭屍化。」

「這麼幸運的事應該不可能輕易發生吧？」

「在自然的情況下很難發生，但是可以用人工的方式達成。」

「人工的方式？可是把活人變成殭屍不就等於犯下了殺人罪嗎？」

「法律還沒有對半殭屍制定出任何規範，算不算殺人罪還很難說。只有真的交由法院裁判才能搞清楚了。」

「把活人變成半殭屍有什麼好處？」

「很簡單，殭屍化的組織不會再死。也就是說，就算器官失去功能，也不需要移植他人器官或人工器官。」

「意思就是死掉的器官還可以繼續使用？」

琉璃點頭。「這是很簡單的事，可說是再生醫療的一種。」

「可是活人做了這種措施就有一部分變成殭屍，等於是體內一直帶著屍體。」

「不管怎麼說，那畢竟是自己的身體。在體內裝入金屬或橡膠或半導體晶片並不會令人無法接受吧？移植別人的器官也一樣。既然如此，使用自己的器官又有什麼問題？」

「有兩個大問題。」優斗說道。「法律的問題，以及倫理的問題。」

「倫理是自己的想法，沒必要讓別人來指手畫腳。至於法律嘛，只要法案通過就沒有問題了。」

「哪有這麼簡單……是說妳父母在誰身上做了半殭屍的處置？」

「不知道，好像只有在動物實驗裡成功過。」

「要怎樣才能做出半殭屍呢？總不會是靠運氣吧？」

「若對象是動物，必須先讓目標範圍的組織壞死，最簡單的方法就是用高壓電去燒。當然，在那之前還有一些準備工作，像是增加病毒濃度，還有停止免疫機能等等。」

「如果那個部位是心臟，那心臟就會停了。」

「是啊。」

「以目前的法律來說，使人心臟停止就算是殺人罪了。」

「因為法律還跟不上科學的腳步。」

「也罷，是動物實驗就無所謂。用高壓電燒過之後要怎麼辦？」

「用高壓電破壞血管和神經以後，要移植人工血管和人工神經，以免影響活著的部位。」

「用這種方法就一定能做出半殭屍嗎？」

「不，還挺難的。如果人工血管移植得太早，恢復的免疫系統就會停止殭屍化，令肉體開始腐壞。相反地，如果人工血管移植得太晚，大量的殭屍病毒就會擴散到全身，讓整個人變成殭屍。」

「最佳的時機是多久？」

「要看情況，有時是十秒，有時是一個小時。」

「每個患者的情況都不同嗎？」

「沒錯。」

「進行之前有辦法推測出最佳時機嗎？」
「如果能做到這點，研究成果早就盛大公開了。」
「也就是說，製造半殭屍通常會失敗？」
「是啊。」
「妳認為藤倉也是半殭屍？」三膳問道。
「是啊，若非如此就解釋不了那些狀況了。」
「那傢伙現在被當作『證據』放在警方的隔離室。如果拿去檢驗，能不能證明他是半殭屍？」
「唔……」琉璃按著額頭沉思。「大概沒辦法吧。」
「為什麼？藤倉真的是半殭屍啊。」
「是啊，他身體的大部分和右手是殭屍，頭部和左手還是活的。」
「妳有什麼根據？」
「如果大腦也變成殭屍，就不可能做出有智慧的行動。此外，他以慣用的右手去防衛頭部，以非慣用的左手拿槍，一定是因為左手不能用來防衛，可見他的左手還是活的。」
「既然如此，只要查出藤倉的頭和左手是活的，不就能證明半殭屍的存在了嗎？」
「藤倉的頭已經被打爆了，頭一旦被打爆腦幹也就死了，沒有腦幹來維持生命機能，活著的各部位就會死掉，因此他的全身都已經變成殭屍了。當然，因為大腦被說。

破壞了，就算他變成了殭屍也不能活動。」

「可是調查藤倉的遺體不就可以確定他的頭和左手曾經是活的嗎？」優斗提議

「嗯，當然可以確定曾經是活的，但是這樣根本沒有意義，因為每一具屍體都曾經是活的，這種事不用證明也知道。」

「不過他的身體和右手應該很久以前就死了吧？既然如此，和其他部位應該會有些差別。」

「誰知道呢。」三膳說道。「殭屍化是很麻煩的現象，想要推測死亡時間幾乎是不可能的。現在人死了就會立刻變成殭屍，這是非常劇烈的變化，但是之後的變化卻很緩慢。依照以前的常識，屍體不可能維持原狀長達幾個月，但是現在甚至會有死亡多年的殭屍。」

「死亡多年的殭屍一定會有滿身傷痕。」

「那是因為和其他殭屍互咬、被野狗咬、被樹枝或有刺鐵絲網勾到而慢慢損毀的，但藤倉有智慧，他的身上應該沒有這類損傷。」

「連活人都會不小心受傷，藤倉的身上應該也會有舊傷吧。」

「可以檢查看看，但不一定找得到。話說回來，藤倉到底為什麼要攻擊你們？」

「我想藤倉不太可能是碰巧變成半殭屍的，十之八九是被人刻意製造出來的。」

「妳是說有個邪惡組織在製造半殭屍？」

「或許沒有那麼誇張的組織，不過葦土先生被殺的事很可能和研究半殭屍的組織有關。」

「為什麼他們要殺葦土先生？」

「有幾個可能。或許葦土先生準備發表的研究內容和半殭屍有關，那就會妨礙他們獨占這種技術。」

「聽說葦土先生研究的是殭屍化現象的反轉程序。」

「嗯，我也聽說過。」

「這種技術和半殭屍的技術有衝突嗎？」

「我倒覺得把這兩種技術合起來會有更大的發展空間。」優斗說道。

「繼續在這裡亂猜也沒有用。總之我先去問問看可能知道些什麼的人吧。」

「可能知道些什麼的人？是誰？」

「我最近認識的人。」

11

「聽說妳在找我們？」笑里露出懷疑的神情說道。

「是啊，我打聽了好久呢。」琉璃坦白地回答。

「妳對我們有什麼不滿嗎？」

這是昨晚發生槍戰的咲山市的某個角落。每間房子都破破爛爛的，也沒有開燈，似乎無人居住。遠方如鬼火般飄浮的光點大概是夜間行人拿的燈。

笑里和琉璃、優斗兩人維持距離，相互對峙。

她似乎懷著戒心，避免離他們太近。

「怎麼會呢，妳救了我們的命，我還得向妳道謝呢。」

「妳專程找我們就是為了道謝嗎？」笑里臉上的猜忌越來越濃厚了。

「不，倒不是因為這個。我們是想來請教妳一些事。」

「今晚外地人還真多呢。」笑里看著鬼火似的燈光說道。

「為什麼妳知道那些是外地人？」

「因為他們點著燈。那樣根本是在宣傳自己的位置，提著燈只會引來危險，譬如強盜或殺人犯……」

優斗急忙關掉手上的手電筒。

「沒事的，你們和我在一起的話，那些傢伙就不會對你們出手。」笑里嫣然一笑。「他們知道和吃殭屍的狂徒在一起的絕對不是普通人。」

「我猜那些人是來調查昨天那件事的。」

「昨天那件事？」

「妳沒聽說嗎？昨天有個男人和酒吧的圍事們發生了槍戰。」

「喔，這麼一說我似乎有聽過。不過槍戰在這裡又不是什麼稀奇的事。」

「那個男人是殭屍。」

笑里沉默了一陣子才開口。「別亂開這種玩笑。」

琉璃注意到了笑里表情的變化。

「妳想到了什麼嗎？」

「什麼都沒想到。那只是個愚蠢的傳聞，殭屍又不會用槍。」

「不，那不是傳聞，我是親眼看到的。」

「妳當時也在場？」

「那個男人的胸部和身體中了十幾發子彈竟然沒死，還能向那群圍事開槍。」

笑里盤起雙臂。

「妳在發抖嗎？」琉璃問道。

「是啊，風有點冷。」

「我覺得不冷啊。」優斗說道。

「妳知道些什麼吧？」

「不知道。如果殭屍有智慧，那就太可怕了。」
「沒錯，對於被殭屍視為糧食的我們來說，這簡直是個惡夢，但我覺得不需要擔心。」
「聽起來妳才是知道些什麼吧？」
「是啊。昨天那個男人——藤倉——不是擁有智慧的新型殭屍，他只有一部分是殭屍，也就是半殭屍。」
「跟半冷凍有什麼關係嗎？」
優斗笑了。
「你笑什麼？」笑里瞪著他說。
「沒有啦，我最近也聽過類似的話。」優斗回答道。
「半殭屍和半冷凍沒有關係，那是指只有部分身體變成殭屍的人。」琉璃說道。
「只有部分身體變成殭屍？」笑里非常驚訝。
「是啊。藤倉只有軀幹和右手變成殭屍，頭和左手還是活的，腳就不知道了。」
「真不敢相信。」
「我不是非得要妳相信不可，不過那是千真萬確的。」
「那個……妳說的半殭屍算是活人嗎？還是殭屍？」
「兩種都不算。不過根據我個人的看法，大腦還活著就是人，大腦死了就算殭屍。」
「也就是說，能溝通的就是人類？」

「唔……在法律訂出規範之前還很難說。」

「如果吃了半殭屍的肉會怎麼樣？」

「殭屍化的部分已經死了，應該可以當成食物吧。」

「還沒有殭屍化的部分呢？」

「這個問題太複雜了。既然他們還有意識，或許不能吃吧。」

「若是吃的時候沒發現他們還有意識呢？」

「到底發生了什麼事？」

「跟你們沒有關係。」

「我不想勉強妳說出來。但妳是我們的救命恩人，不管妳有什麼事，我都會盡量幫忙。」

笑里似乎很猶豫。

「妳不想講也沒關係。優斗，我們回去吧。」琉璃轉身就走。

「喂，這樣好嗎？」優斗追上了琉璃。

「好啦，我說啦。但是你們得答應不說出去。」笑里說道。

「嗯，當然。」琉璃轉過身來。

「某天晚上，有一輛卡車開進郊區，丟下一大堆東西。我們食屍人聞到了那種獨特的味道就不由自主地聚集過來，結果發現被丟下來的不是普通的垃圾，而是殭屍的殘骸。」

「殘骸？」

笑里似乎下定了決心，她開口娓娓道來。

幾乎沒有一具殭屍是完整的，每具都變得支離破碎，有的內臟露出，有的只剩上半身，有的只剩下半身，有的缺了腦袋，有的只有腦袋，也有手腳腦袋俱全但破爛得幾乎要散開，總之各式各樣的殘骸堆積得有如小山，而且都還在蠕動。

沒有一具殭屍還能維持正常活動，所以就算缺少運動的樂趣，我們還是姑且嘗嘗看味道。

味道很普通，吃起來就像一般的殭屍肉，不是特別好吃，也不是特別難吃，可是因為數量太龐大，所以我們吃得很浪費。也就是說，每一具都只吃幾口就丟掉了。

正在大快朵頤時，我咬了一具只剩頭和胸部的年輕女性殭屍。

那具殭屍似乎露出害怕的眼神，但我覺得只是自己想太多，就從胸部開始撕咬。

殭屍露出苦悶的表情閉上眼睛。

此時我發現，那具殭屍的眼睛不是混濁的。

這很奇怪，胸部以下都沒了的人不可能還活著。這麼說來，她鐵定是殭屍。不過殭屍怎麼會有這麼人性化的表情呢？

我想到了兩種可能性。

第一，只是偶然——或許是神經系統連結的問題——才會露出苦悶的表情。若是如此，即使眼睛沒有混濁也一定是殭屍。可能是我自己想太多了，事實上殭屍並沒有苦悶。

第二，有智慧的殭屍真的存在。

若是這樣，就表示有些人在變成殭屍之後依然擁有意識。那是多麼痛苦的事啊，對他們來說，早點解脫才幸福。但他們已經是殭屍，不可能再死一次，所以能被我們吃掉也算是得到了救贖吧。我是這樣想的。

不過，要一邊被他們死死盯著一邊吃掉他們，心臟如果不夠強實在做不到。

「妳還有心嗎？」我問道。

殭屍張著嘴巴，但沒有發出聲音。

「如果妳還有心，那就眨眨眼。」

殭屍慢慢地眨眼了。

我頓時感到背脊發涼。

「該怎麼辦？」說完以後，我想到自己的嘴邊還沾著殭屍的體液，就用袖子擦一擦。

殭屍只是用害怕的眼神看著我，嘴脣不停地動著。

「妳想要解脫嗎？」

殭屍慢慢地眨眼。

為了幫助那個少女，我繼續啃食她的胸部。

殭屍的脂肪變少，肌肉消失，肋骨露出，搏動的心臟和無力地反覆膨脹收縮的肺露了出來。

一股強烈的殭屍味道竄進我的鼻子。

我曾經碰過發出殭屍味道的活人，我幾乎忍不住要撲上去吃。然而我此時聞到的確實是殭屍的味道，所以那個少女想必已經死了。

我珍惜地舔著她的心臟和肺。

然後，我在少女的耳邊輕聲問道：

「我該先吃心臟還是肺？」

少女像嘆息一樣吐出一口氣，慢慢閉上眼睛。

是嗎？妳要讓我決定嗎？

我吻了一下心臟，然後咬住她的肺。

少女的氣息從肺葉上的洞咻咻漏出。我把嘴貼在洞上，吸著少女的氣息。

少女皺起眉頭，露出痛苦的表情。

我看著她的臉，繼續從破洞吸著她的氣息。

當我把嘴移開少女的肺時，她的表情變得舒緩了一些。

我用力地啃起洞的周圍，讓洞變得更大，然後把舌頭伸進去，舔著肺的內側。

少女痙攣似地顫抖著。

我果斷地一點一點啃食她的肺。

帶著泡沫的黏稠體液流了出來。

少女痛苦地喘著氣。

我心想，快點讓她解脫吧。

或許我該先吃心臟。

不過她是殭屍，心臟停止了或許還能活著。
如果把大腦全都吃完，她就不會再感到痛苦了吧？
我下定決心，咬上了心臟的表皮。
沒想到有少量的血花飛濺出來。
除了剛死的情況以外，殭屍是不可能噴血的。
少女閉上眼睛，嘴唇輕輕地顫抖。
分不清是食欲還是愛情的感情驅使著我啃咬少女的嘴唇。
一口咬下去，我竟嘗到了和殭屍不同的味道。
她還活著？
我的心中浮現一陣恐懼。
可是只過了一秒，嘴裡就充滿了熟悉的味道。
少女睜開眼睛，她的雙眼漸漸變得混濁。
我啃下少女的嘴唇。是殭屍的味道。
少女失去了嘴唇，門牙露了出來，她開始試圖咬我。
我反射性地往後退，用雙手按著她的下顎，用力扯下。
這麼一來她就沒辦法闔上嘴了。
我慢慢咬下她的舌頭和牙齦，享受著她的滋味。
「那怎麼看都是普通的殭屍，但她最初似乎有智慧。那到底是什麼玩意兒？」笑里說完了。

「那個少女應該是半殭屍。」琉璃說道。「要找出製造半殭屍的條件必須進行大量實驗，實驗之後會產生大量的殘骸。做實驗的那些人可能不知道要怎麼處置，就把那些殘骸丟到野生殭屍聚集的地區。」

「妳是說有人在做人體實驗？」

琉璃點頭說：「想要隱藏殭屍的殘骸，最好的地方就是殭屍之中。」

「所以我殺死吃掉的是活人？」

「光看結果確實是這樣，但我認為妳沒有任何罪責。半殭屍的存在還沒對社會大眾公開，沒人想得到會有這種現象。」

「妳說的是法律方面吧？」

「嗯，是啊。不然妳想討論哪個方面？」

「我說的是做人的道理。」

「做人的道理沒有一定的答案，相較之下，法律和官司一定會有答案，只是不知道要耗費多少時間和金錢。」

「妳告訴我，吃了還活著的少女是錯的嗎？」

「我還以為活吃殭屍的人才不會在乎做人的道理。」

「妳的偏見太深了。」

「妳沒有做錯。我是這樣想的。」

笑里默默地露出微笑，然後就消失在黑暗中了。

12

「琉璃，我有喜歡的人了。」沙羅突然說道。

「真的嗎？太好了。」琉璃漫不經心地說。

「謝謝，我就知道妳一定會支持我。」

琉璃把一句「我哪有說要支持妳」吞了回去。

「是誰啊？」琉璃雖然不感興趣，為了不讓沙羅掃興還是問了。

「是菟仲酉雄。」

啊？不會吧？

琉璃以前也喜歡過菟仲酉雄。沙羅不知道這件事嗎？還是她明明知道卻故意說出他的名字？

算了，無論事實是什麼都無所謂。我就裝作不在乎吧。

「怎麼突然不說話了？」沙羅叫著她說。

糟糕，我因為太錯愕而無語了。

「沒什麼。我只是想不起來菟仲是誰。」

「琉璃，難道妳……」

「怎樣？」

「妳也喜歡菟仲嗎？」

沙羅向來不關心別人的想法，為何此時偏偏……

「怎麼可能嘛，沒這回事。」琉璃否認了。「別說這個了。菟仲知道姊姊喜歡他嗎？」

「大概沒發現吧，看他的態度就猜得出來了。我還挺敏銳的。」

如果妳很敏銳，應該會發現我對菟仲的感情才對啊。

「那姊姊要不要向菟仲說出自己的感情呢？」

「嗯，當然要說啊。」

是喔。這種事還得看對方怎麼想，但琉璃希望沙羅快點去告白。

因為那是沙羅鼓起勇氣去告白的結果，無論是成功或失敗，琉璃覺得自己應該都能接受。

「能聽到妳這樣說真是太好了。那就快點做吧。請多指教囉，琉璃。」

「快點做？做什麼？」

「把我的感情傳達給菟仲啊。」

「那不是姊姊自己該做的事嗎？」

「可是妳也知道嘛，我的文筆又不好。」

「文筆？妳要寫信告白嗎？不是直接跟他說？」

「是啊，如果是寫信就不用自己寫了。」

「等一下，姊姊是要我代寫情書？」

「是啊。」
「為什麼是我來寫？」
「因為妳很愛看書啊。」
「愛看書……」
我跟姊姊不一樣，因為我沒有朋友，所以只能看書。
「我不喜歡看書，也從來不看書，所以我很不會寫作文，可是因為有妳幫我想，我就變得很會寫作文了。」
那不只是為了沙羅。就算是掛沙羅的名，能發表自己的文章還是讓琉璃很開心。
「所以我覺得妳也可以幫我寫情書給菟仲。」
「那就是假的告白了。」
「為什麼？」
「喜歡菟仲的人是姊姊，又不是我。」
不對，我也是，我也喜歡菟仲。但我沒辦法說出口。
「這個不重要啦，妳只要在寫信的時候想像妳是我就行了。」
叫我寫情書。而且還是用姊姊的名字、為了實現姊姊的戀情而寫情書給自己喜歡的男性。
那真是辛酸得難以承受。
可是……
如果答應姊姊的要求，我就可以寫情書給菟仲了。

我本來以為自己一輩子都不能向喜歡的人告白，可是現在機會來了。琉璃很難抗拒這個誘惑。如果錯過了，以後絕無可能再碰到這種機會。各種想法在琉璃的腦海中打轉。

「怎樣嘛？要不要寫？」沙羅催著她回答。

不可以著急，要仔細地考慮。要想清楚這是不是我真正想做的事。

「不要就算了，我會自己寫的。」沙羅說道。

「姊姊不是說自己很不會寫作文嗎？」

「如果妳不幫我寫，我也沒其他辦法了。」

沙羅的文筆不好，一定打動不了菟仲。那樣才是正確的。沙羅的心情應該由她自己去傳達。

可是，如果我幫她寫的話……

就算署名是沙羅，裡面卻毫無疑問是我的文章，也就是說，菟仲將會收下我的心意。沒錯，這是我打從出生以來第一次向男性表白自己的心情。我可以藉著沙羅來達成願望。

就算沙羅最後被甩了也無所謂，因為我已經鼓起勇氣傳達出自己的感情了。

可是，如果菟仲看完那封信之後接受了沙羅……

如果菟仲因為看了我的信而想要和沙羅交往，那就表示我的心意被接受了。雖然是沙羅在享受他的愛，但我才是真正的贏家吧？

琉璃越想越迷惘。

到後來，琉璃連自己想做什麼，想讓姊姊做什麼，都搞不清楚了。她漸漸無法區別自己的想法和姊姊的想法。

「我還是自己寫吧。」沙羅似乎等得不耐煩了。

沙羅拿出了淡淡印著少女風格插畫的信紙和原子筆，放在桌上。

「唔……給菟仲，我是八頭沙羅……」

「等一下。」琉璃說道。

「幹麼？」

「我來寫吧。」

「咦？」沙羅似乎很驚訝。「真的嗎？」

「是啊。」琉璃思索之後說道。「我來想內容，姊姊就照著寫吧。」

「真的可以嗎？」

「嗯，可以。」

「謝謝妳。我好開心。」

沙羅看起來喜不自勝。

不過，她是真的開心嗎？還是她早就發現了我對菟仲的感情，所以故意捉弄我來取樂？

琉璃不知道哪個才是事實。

無論是哪個都沒關係。

姊姊可以把情書交給喜歡的男性，我也可以把心情傳達給喜歡的男性，而且，他並不知道我們姊妹倆的關係。

誰都不會吃虧。

誰都不會受傷。

只要我不覺得受傷，誰都不會受傷。

「姊姊照我說的寫吧。

菟仲，我不知道你是否認識我，但我一直在注意你……」

「不對啦，菟仲當然認識我，我們是同學耶。」

「妳照著寫啦。這是……真正的姊姊的心情。」

「真正的我？」

「是啊，是看不到的姊姊。」

「我一點都聽不懂。」

「聽不懂也無所謂。好了，照著我說的寫吧。

菟仲，我不知道你是否認識我，但我一直在注意你……」

13

「真的有半殭屍，而且數量還不少。」琉璃說道。

「這個我知道，不過接下來該怎麼辦？除了證詞之外就沒有其他線索了。」優斗說道。

夜色逐漸發白。

這裡和一般的街道不同，行人在此時最多，之後就會慢慢變少。

「我要去研究所調查。」

「妳已經去 Ultimate Medical 公司的殭屍研究所調查過一次，他們大概不會再讓妳進去了。再說葦土的研究那麼危險，妳也沒辦法查出什麼。」

「不是啦，我是要去其他的研究所。附屬於殭屍收容所的國立研究所。」

「有那種地方啊？也是啦，照理來說當然會有。」

「正式名稱是活性化遺體防疫學研究所。他們大部分的研究項目都委託給民間或大學，但是比較重要的項目應該是獨自調查的。」

「妳要去那裡調查什麼？」

「半殭屍的研究。從殭屍災害剛出現時就有半殭屍的概念了，從來沒有使用人工方式成功造出半殭屍的案例，不過研究還是持續地進行。只要知道了那個地方，或許就能發現敵人的真面目。」
「事情好像越來越複雜了。」
「你要是害怕，現在就可以退出。」
「妳應該不打算放手吧？」
「當然。」
「那我也奉陪吧。」
「你只是個線民，又不是我的搭檔，沒有義務陪著我。」
「事到如今妳還說這麼見外的話。既然我已經攪和下去了，那就陪妳到最後吧。」
「我要先問你一句，你還記得自己前天差點就死掉了吧？」
「喔喔，有那種事嗎？所以呢？」
「只要你記得就行了。不過，如果你要繼續參與，下場就得自行負責。」
「這是當然。」
琉璃撥打電話。
「喂喂，這裡是八頭調查中心，關於近日的殭屍……活性化遺體的事件，我有些事想要請教一下，我可以現在過去拜訪嗎？」
「非常抱歉，我們不協助這一類的案件調查。」電話另一端傳來年輕男人的聲音。
「你們既然是國立研究所，應該有義務回答國民的疑問吧？隱藏資訊不太好喔。」
「我們沒有隱藏資訊，我們每年都會公開報告書，妳可以去研究所的官方網站下載。」

「我問的不是那些，而是最近的事件。」

「我已經說過了，我們不協助案件調查。」

「那觀摩呢？」

「觀摩？」

「難道你們連觀摩都不接受嗎？國立機構表現出這種態度不太適當吧，或許會有人批判你們花人民的稅金，做的卻是不公開的研究喔。」

「沒有人這樣批判過。」

「這年頭不需要找媒體，只要在網路上放出消息，就能引起輿論的攻擊。如果你們不在乎落入這種窘境的話……」

「請等一下。」

「這樣不太好吧？」優斗擔心地說。「妳根本是在威脅人家。」

「事態緊急嘛。我可是蒙受著生命危險耶，應該有酌量減刑的餘地吧。」

「妳都說了『酌量減刑』，那妳也知道自己有罪嘛。」

「喂喂，換人聽電話了。」聲音聽起來是個年紀大的女人。「妳想要來觀摩嗎？」

「是啊，我可以現在就過去嗎？」

「現在就要來？我們還得準備一些觀摩用的資料，妳立刻來的話不太……」

「不用準備資料，只要讓我看看我想看的東西就行了，簡單的口頭說明也行。」

「再怎麼說，今天就來實在有一點……」

「我不會叫你們給我看那些不能曝光的東西，你們可以只讓我看現在能看的東西，只跟我談現在能談的事。與其看著我把事情鬧大，讓我一個人去觀摩兩、三個小時應該比較好吧？」

「妳完全是在威脅人家耶。」優斗說道。

「……好吧，那就請妳現在過來吧。」

「好的，我現在就去。」琉璃掛斷電話，叫了計程車。

「要搭計程車去嗎？」

「沒辦法，警方還在調查我的車子。啊，你要幫忙分擔車資喔。」

在研究所迎接他們的是剛才接電話的年長女性。

「我是這裡的所長衣笠良子。因為事出突然，沒時間準備，所以我就在這間會客室裡為妳說明，這樣可以嗎？」良子頻頻打量著琉璃暴露的穿著。

「沒關係。那我就直接問吧，你們最近在做怎樣的殭屍研究？」

「呃……我不太建議使用『殭屍』這種俗稱，因為會讓人聯想到恐怖電影。」

「我知道正式的說法是『活性化遺體』，不過一般人都習慣說『殭屍』嘛。」

「活性化遺體和恐怖電影裡的殭屍的確有一些共通點，但是把病理現象和那種妖怪混為一談，容易引起誤會。」

「電影裡的殭屍也不見得全是妖怪……算了，我今天不是來討論這個的。我很了解電影裡的殭屍和活性化遺體有何差異，只是為了省事才說『殭屍』。所以妳就讓我這樣說吧，可以嗎？」

「那就請便吧。這是我等一下要講解的簡介。」

琉璃翻起那本簡介，說道：「這是給外行人看的介紹。」

「因為我們不知道訪客了解到什麼程度。」

「我想問的是最新的研究方向。」

「妳問得很簡單，但我也不知道該怎麼回答……」

「那我就開門見山地說了。半殭屍的研究情況如何？」

良子挑起一邊的眉毛。「半殭屍？那是什麼？」

「妳不可能不知道半殭屍吧……喔，就是指部分活性化遺體。」

「原來如此，妳說的是部分活性化遺體啊。那是幾十年前提出的概念，理論上不是不可能，但實際操作很困難，就算能成功也沒有益處。」

「近年有哪些組織在研究部分活性化遺體？」

「我也不知道，應該沒有這種組織吧？連動物實驗的成功機率都很低，很難達到實用的階段。話說回來，就連有沒有實用性都很難說。」

「沒有實用性嗎？」

「部分活性化遺體可以當成一種治療方法，這是讓功能不全的組織壞死之後轉變成活性化遺體，但若手術失敗，患者就會立刻變成完全的活性化遺體。誰敢接受這麼危險的治療方法呢？」

「這種治療法本來就只適用於緊急的情況，如果還有其他選擇，我想沒人會選擇這種方式。這種治療應該只會用在不搶救就必死無疑、非得賭一把不可的時候吧？」

「不曾面對自己或家人生死關頭的人才會這麼想，如果妳的家人快要死在妳眼前了，妳還會這樣說嗎？」

「醫療又不是賭博。」

「會啊。」

「我真同情妳的家人。」

「妳的問題都問完了嗎？」

「等一下。這裡應該有關於殭屍研究的論文和學會發表的資料庫吧？」

「我們沒有那種東西。」

「好啦好啦，每次都要訂正真是麻煩……這裡應該有關於活性化遺體研究的論文和學會發表的資料庫吧？」

「喔，這個是有的。」

「麻煩妳現在蒐尋一下『部分活性化遺體』。」

良子用會客室桌上的電腦叫出應用程式，輸入「部分活性化遺體」。

「近年沒有這種研究。」

「最後一次研究是什麼時候？」

「有一篇將近十年前的論文，作者是八頭……哎呀，妳也姓八頭吧？」

「那是我的父母。」

「啊？」

「我的父母做過這種研究。」

「真的嗎？」

「是啊。」

「真叫人難以置信。」

「為什麼？」

「妳突然跑來調查，說要搜尋十年前的論文，還聲稱自己是作者的女兒。妳到底有什麼目的？」

「我已經說了是來調查的啊。調查半殭屍。」

「如果妳是這位姓八頭的學者的女兒，妳應該早就知道半殭屍的事吧？」

「我想知道的不是十年前的半殭屍知識，而是最近的情況。如果妳需要我證明自己是八頭的女兒，我可以帶文件來。」

「不用了，我對妳的身分沒有興趣。」

「妳明明不相信我姓八頭。」

「是啊，不過妳是真的還是假的都無所謂。如果妳沒別的問題了，能不能請妳離開呢？」

「只剩最後一個問題。這個資料庫有沒有登入紀錄？我想知道最近有誰搜尋過『部分活性化遺體』。」

「有是有，但我得先確認一下能不能告訴妳……」

「我只要知道有誰搜尋過這東西，就會立刻離開。我絕對不會把看到的事情說出去，所以請妳告訴我，妳也不希望繼續增加麻煩吧？」

良子顯得很猶豫。讓外人看登入紀錄可能是違規行為，要確認是否違規還得詢問各個部門和外面的機關，不知道要等多少天才能等到答覆，但她實在不想跟這個麻煩的客人繼續糾纏下去。對方已經說了只要看了登入紀錄就會立刻離開，反正只要不留下洩漏紀錄的證據就不會被追究責任了。她似乎是這麼盤算的。

「好吧。」良子做出了決定。「我現在就把登入紀錄找出來給妳看，請妳不要拍照，也不要做筆記。」

「做做筆記應該沒差吧？」

「不行。如果妳不答應，我就不讓妳看。」

要再威脅她一下嗎？

琉璃看了看優斗。

優斗慢慢搖頭。

看來他不希望她再威脅對方。

對方不太可能告她恐嚇，但是不怕一萬只怕萬一，如果優斗也被當成共犯就太可憐了。

琉璃決定妥協。

「好吧，我不拍照，也不做筆記。」

「而且看到什麼都不能提問。」

「這太苛刻了吧？」

「不願意的話就別看了。」

「好吧，我答應妳。」

良子默默點頭，操作起電腦，隨即列出了登入紀錄。

搜尋關鍵字是「部分活性化遺體」，畫面上顯示了幾十筆資料，大部分都是幾年前的，最近的搜尋紀錄只有兩筆，其中一個是剛才琉璃叫良子搜尋的，而另一個則是……

「葦土……」

「請不要出聲。」良子說道。她可能擔心對話會被錄音。

重要的事只有一件。琉璃不需要寫筆記，也不需要錄音，但她還想調查得更徹底一點。

「請妳把葦土在那之前及之後搜尋過的關鍵字列出來。」

「啊？妳不是說看了紀錄就離開嗎？」

「我會離開的，但是在離開之前得再調查一些事……」

優斗抓住琉璃的肩膀。「妳已經答應人家了。今天就到此為止吧。」

「等一下，我還不能走，好不容易才查到這裡……」

優斗在琉璃的耳邊低聲說道：「那女人把手伸到桌底下了，可能是要按警鈴，說不定已經按下去了。如果妳再死賴著不走，可能會因為恐嚇和非法入侵的罪名被逮捕。」

「哇！你把氣吹到我的耳朵了，好癢！」

「妳白痴啊？」

琉璃聳聳肩說：「我本來還想問一些事，但優斗說得沒錯，我既然都答應了，那就離開吧。」

良子鬆了一口氣，把手從桌底下抽回來。

看來她真的是打算按警鈴。

「感謝妳今天前來觀摩，歡迎下次再來。」良子客套地說道。

「我過陣子會再來的，到時再麻煩妳吧。」琉璃也客氣地說道。

良子的表情僵住了。

14

「妳是不是太心急啦？」優斗走在夜路上，用尖銳的語氣問道。

「如果調查太草率，永遠都解決不了案件。」琉璃反駁說。

「我沒有叫妳草率調查，我是說妳太心急了。妳剛才幾乎是在威脅人家耶。」

「所以才能得到寶貴的情報啊。」

「妳是說葦土對半殭屍有興趣的事嗎？這又不是什麼重要情報，我們早就知道案件和半殭屍有關了。」

「但這是我們第一次得知葦土和半殭屍有直接的關聯。」

「或許吧，但這畢竟只是情報，不是證據。」

「什麼意思？」

「知道這些事對解決案件又沒有幫助。妳找到的只不過是零碎的事實。」

「只要把零碎的拼圖湊起來，應該就能看見案件的全貌。」

「如果那真的是拼圖的話。」

「你想說什麼？」

「妳把獲得的每一件情報都當成拼圖，但妳又不能確定那真的是其中的一片拼圖。」

「這是和案件有關的情報，對於解決案件一定有幫助。」
「我可以老實說嗎？」
「說吧。」
「妳或許會受傷喔。」
「沒事的，我已經不會受傷了。」
「已經不會？」
「因為我受過太多傷，已經沒地方可以再傷了。」
優斗瞄著琉璃裸露的肌膚。
「討厭啦，我說的當然不是真正的傷。」琉璃有些臉紅。
「怎麼？妳被人家看會不好意思嗎？明明穿成這樣。」
「不要把責任推給我的穿著，是你自己要用猥褻的眼神看我吧。」
「我哪有猥褻啊？只是因為講到傷，所以我才不自覺地想要找找看。」
「這個就不討論了，如果你下次再用猥褻的眼神看我，我一定不會放過你……不過你為什麼說我會受傷？」
「也就是……妳資質的問題。」
「你是說我的資質有問題？」
「我沒說妳的資質有問題，而是說這是資質的問題。」
「哪裡不一樣了？」
「我覺得妳是個聰明的人，腦袋動得很快，又有決斷力，也能做理論上的考察。」

「你是在灌我迷湯嗎？」

「我是說妳的資質沒有問題，但妳的資質不適合當偵探。這才是我說的資質問題。」

「腦袋動得快、有決斷力、理論上的考察不是適合偵探的資質？你是認真的嗎？」

「那些確實是適合偵探的資質，但光是這樣還不夠。」

「你是說我還少了些東西嗎？」

「冷靜。不夠冷靜是沒辦法當偵探的。妳真的是偵探嗎？」

琉璃的臉色變了。

優斗緊盯著琉璃的臉，像是在觀察她的表情變化。「我大概是在兩、三個星期前遇見妳的。」

「是這樣嗎？」

「當時妳正在發生案件的宅邸附近和警察爭吵。」

「喔喔，警察跑來跟我說車子不可以停在這裡太久，可是我明明還在車上，這樣應該沒關係吧？」

「妳可能需要多了解一下交通法規，不過這對偵探來說也不是重要的資質。總之我看不下去，所以過去幫妳解圍。」

「你跟警察說你是我的男友，因為你突然想上廁所，就叫我在那裡等你。」

「畢竟是緊急狀況，所以警察就睜隻眼閉隻眼了。」

「你當時的目的是要搭訕嗎？」

「不是啦。」

「如果不是為了搭訕，為什麼你要幫助一個和警察吵架的陌生女人？」

「該怎麼說呢？那個……因為妳穿的衣服很暴露，我想妳的個性應該很容易發展下去。」

「你覺得我是個輕浮的女人？」

「說得通俗一點，是這樣沒錯。」

「所以你真的是為了搭訕嘛。」

「我不是沒有那種想法，但那個還是其次，主要的理由是想幫助困擾的女性。」

「是困擾又穿著暴露的女性吧。如果我那時穿得很保守，你會怎麼辦？」

「這個嘛……應該還是會去幫忙吧？我也不知道。」

「算了，無所謂。結果你還是沒有向我搭訕啊。」

「因為妳突然問我要不要當妳的線民。」

「聽到你說你住在那間宅邸附近，我就覺得這樣正好。」

「老實說，我不是住在那附近。」

「是嗎？」

「都是因為這樣，後來我每天都得專程跑去那裡。」

「是你自己不好，誰叫你要說謊。」

「都是情勢所逼啊。對了，妳當時說自己是偵探。」

「我確實是偵探，所以也只能這樣說吧。」
「真的嗎？當偵探不需要考試，只要向公安委員會申請就能立刻成為偵探。」
「你想說我是冒牌偵探嗎？」
「不是啦。哪有什麼冒牌偵探，只要去申請就是偵探了。」
「那還有什麼問題？」
「妳自稱是偵探這件事沒有問題，問題是妳到底有沒有偵探的資質。」
「你到底想說什麼？」
「我想說的是，妳應該是偽偵探吧。」
「我還是聽不懂。」
「妳的目的是什麼？」
「當然是找出真凶啊。」
「不是這個啦。妳一直在等有狩的宅邸發生事情，為什麼？」
「因為我的直覺。我覺得那裡應該會發生事情。」
「我想到兩種可能性：第一種是妳一開始就知道那裡會發生什麼事，另一種是妳期待那裡發生事情，至於發生的是什麼事就不重要了，這麼一來妳就有藉口進入 Ultimate Medical 公司的內部。」
「為什麼我要做這種事？」
「我不知道，不過妳說妳的父母以前在那間研究所工作過。」
「嗯，是啊。」

「而且妳的父母研究過半殭屍。」

「嗯，是啊。」

「如今又有人在做半殭屍的研究，妳一定是覺得有人偷走妳父母的研究內容，繼續做著半殭屍的研究，沒錯吧？」

琉璃沉默不語。

「到底是不是？」

「是的話又怎樣？」

妳假裝在調查客戶委託的案件，其實是在調查另一件事，這算是背信的行為。」

「你打算告訴我的客戶嗎？」

「……我不會這樣做。」

「謝謝。不過你別再管我的事了。」

「我不能不管。妳現在陷入了兩種危險，妳知道嗎？不對，或許是三種。」

「什麼危險？」

「首先，有人想要妳的命。」

「你不也一樣嗎？」

「我只是因為跟妳在一起才被盯上的。要妳命的人可能是殺害葦土的凶手。這是第一種危險。」

「我早就做好心理準備了。」

「再來，妳利用客戶委託去調查別的事情，如果客戶知道了，可能會遭到某種懲處。」

「懲處一下又不會有生命危險，更何況我也沒說過要專注於調查葦土被殺的案件，如果我想順便調查其他的事，那也是我的自由。然後呢？第三種是什麼？」

「妳真正要調查的對象可能已經注意到妳的行動了，或許他們也想殺了妳。」

「那個半殭屍就是他們派來的啊。這樣說來，不是三種危險，而是兩種。」

「嗯，所以我才說『或許是三種』嘛。」

「這樣聽下來，真正的危險只有一種，背信什麼的頂多只是民事案件，不需要太擔心。」

「就算如此，只是為了父母的研究被偷就讓自己陷入性命危險，實在是太愚蠢了。」

「可不只是研究被偷，他們還奪走了我父母和姊姊的性命耶！」

「等一下，妳在說什麼？」看到琉璃突然爆發，優斗感到很困惑。

「我的家人都被殺了。」琉璃的語氣帶著悲痛。

「真的嗎？如果是這樣，妳不該試圖獨自解決，應該去找警察。」優斗似乎還消化不了剛知道的事實。

「警方的結論是我的父母只是單純地失蹤。」

「那妳姊姊呢？」

「姊姊……也差不多啦。」

「難道不是這樣嗎？」

「不，我知道他們並非單純地失蹤。」

「那妳跟警察說就好了啊。」

「我說了很多次，可是沒有一個人相信我的話。」

「妳冷靜地想想看。警察聽過妳的證詞，仍然判斷他們只是失蹤……」

「你想說家人被殺只是我的幻想嗎？」

「我沒有這麼說，我只是說妳需要冷靜一點。」

「我很冷靜啊，我隨時隨地都很冷靜，今後也是一樣。」

「看起來不像。」

「我才不在乎你怎麼看我。」

「我是在擔心妳耶。」優斗抓著琉璃的肩膀。

「少在那裡自以為是了，明明只是來搭訕的！」琉璃瞪著優斗說。

優斗愣了一下，放開了琉璃的肩膀。「我……不是那樣啦。」

「怎樣都無所謂。這些事跟你沒關係，你又不是我的家人或朋友。」

優斗垮下了肩膀。「是啊，我確實不是妳的家人或朋友。就算我想勸妳，在妳看來或許只是在多管閒事。」

「是啊，你也知道嘛。」

「就算事不關己，我也不能不管妳。」

「為什麼？你明明跟我沒有關係。」

「因為我看不下去，與其看妳做出違法的事而被逮捕，我寧願多管閒事。而且妳還可能會被那個把活人變成殭屍的神經病組織殺掉耶。」
「神經病？」
「我又沒有說妳是神經病。」
「你說我的父母是神經病？」
「啊？」
「你明知最早開始研究半殭屍的是我的父母。」
「……妳的父母又沒有做人體實驗，那個不知哪來的組織做了人體實驗，這是兩碼子事。」
「你是說動物的命比較不值錢，所以變成殭屍也無所謂？」
「我又沒有那樣說……」
「如果我的父母做過人體實驗，你還肯幫我的忙嗎？」
「不可能有那種事吧？」
琉璃直視著優斗的眼睛。
「呃……難道……」
「我知道你沒有這種覺悟，你沒辦法在任何情況下都堅持當我的夥伴，所以我不能信任你。」
「等一下，妳幹麼這麼快就下結論……」
「再見。」
琉璃頭也不回地快步離去。

15

「你找我有什麼事？」琉璃一走進辦公室就開口說道。

「我雇用妳查案已經多少天了？」坐在椅子上不動的有狩說道。

「你是說我毫無進展？」

「沒有進展嗎？」

琉璃點頭。

「沒有進展？喔喔，真糟糕啊，不過還有一件更糟糕的事，妳知道嗎？」

「不知道。是因為找不到葦土的接班人嗎？」

「不是啦！能接任的研究員要多少有多少。比毫無進展更嚴重的問題是，我連毫無進展這件事都不知道。我雇用妳查案已經過了五天，妳卻沒有給過我任何報告書。」

「需要給你報告書嗎？」

「當然。沒有報告書，我怎麼知道妳在做什麼？搞不好妳這五天都在玩，或是在做其他的工作。」

這個大叔很精明嘛。琉璃心想。

「我知道了，我現在就向你報告。」

「妳有帶報告書嗎？」

「沒有，我用口頭報告。」

「口頭？先等一下。」有狩急忙拿出筆記紙和筆。

「我做了很多調查，結果都沒有收穫，還被謀殺了兩次。第一次是在殭屍牧場拋錨，第二次是被半殭屍攻擊，結果我兩次都僥倖活下來了。啊，能保住性命就算是很大的收穫了吧。」

「妳傻了嗎？妳以為這種隨便的口頭報告就能了事嗎？話說半殭屍是什麼東西？」

「就是局部的殭屍。」

「妳是說只有手的殭屍、或是只有頭的殭屍嗎？」

「不，是只有手變成殭屍，或是只有頭變成殭屍的人……我不太確定只有頭變成殭屍的情況是不是真的存在。」

「也就是說，只有身體的一部分變成殭屍？」

「是啊。十年前曾經廣泛地討論過，你不記得嗎？」

「這麼說來好像真的有過這個研究主題。既然我不記得，可見當時沒有研究出什麼成果。」

桌上的電話響了。

「什麼事？喔喔，無所謂，讓他進來吧。」有狩說道。

「你有客人嗎？如果會打擾到你，我可以改天再來。」

「沒關係，妳留在這裡更好。」

門打開了，走進來的是三膳。

「哎呀，如果你們還要談話，我可以先離開。」三膳看著琉璃說道。

「沒關係，不用了。除非你有什麼事不想讓她聽到。」

「沒有，我沒有什麼事是不能讓她聽的。」

「你已經查出凶手可能是誰嗎？」

「還沒。」

「那有什麼線索嗎？」

「有狩先生，你好像誤會了，我不是你雇用的偵探，沒有義務向你報告工作進度，也不能讓你知道調查內容。你要說這種話就對那位小姐說吧。」

「就是因為她派不上用場，我才會問你。」

「哎呀，是這樣嗎？」

「我的車子已經調查完了嗎？」

「是啊，拋錨的原因在於電路。」

「是被人動了手腳吧？」

「是不是有人動手腳還不確定，因為有一部分起火燃燒，就算被動過手腳也不會留下痕跡。」

「汽車的電路應該比一般家電更可靠吧。」

「說是這樣說，可是只要找不到證據，就不能確定是被人動了手腳。」

「你們在說什麼？」有狩問道。
「說我在殭屍牧場拋錨的事。」
「那是真的嗎？」
「你以為我在說謊嗎？」
「我還以為那只是妳偷懶的藉口。這麼說來，半殭屍的事也是真的囉？」
「當然是真的。」琉璃很不滿地說道。「三膳先生，關於那個半殭屍——藤倉——查出什麼了嗎？」
「他從很久以前就欠了一屁股債，被討債的人追得到處跑，但是到了兩個月前卻變得很闊綽，債務也都還清了。」
「他應該是從某處得到了一大筆錢。」
「這是一定的。」
「那麼，他是從哪裡拿到錢的呢？」
「這就不知道了。」
「怎麼會不知道？銀行不是會有轉帳紀錄嗎？」
「沒有轉帳紀錄，而且他還債都是用現金。」
「藤倉的家裡有沒有契約書之類的文件？」
「什麼都沒找到，也沒有任何可疑的地方。」
「等一下，突然得到一大筆錢，卻沒有任何可疑的地方？這樣反而更可疑吧？」
「妳說得沒錯。可見拿現金給藤倉的人或組織做事非常謹慎。」

「那個人或組織到底是誰？那傢伙為什麼要殺死葦土？」有狩怒吼似地說道。
「最有可能的理由就是葦土先生的研究對那個組織而言非常重要。」
「葦土先生的研究就是那個……」三膳說道。
「嗯，是殭屍化的反轉程序。」
「喂！」有狩叫道。「妳怎麼可以說出來！」
「這是為了調查啊。」
「妳不是簽了保密契約嗎！」
「是啊，我是簽了。」
「那妳怎麼可以說啊！」
「說出來會怎樣？會被逮捕嗎？」
「呃……要付賠償金。」
「喔，好啊。我應該付多少錢？」
「這祕密沒辦法換算成金錢。」
「無價啊……那就沒辦法賠償了。」
「那就用妳全部的資產來賠吧，這個情報確實有這麼高的價值。」
「好啊。不過你得先證明損失有多大。」琉璃一臉無趣地說。「還有，你要我拿出全部資產，但我連一個月的房租都付不起。」
「哪裡的房租？」三膳問道。
「我住的套房。」

「這不是閒聊的時候，我正在發火耶！」

「呃……」三膳露出困擾的表情。「總之請你們兩人先冷靜一下。」

「你叫我怎麼冷靜得下來！這傢伙違反了契約耶！」

「我是警察，我不會隨便說出調查之中得知的情報。」

「但還是會寫在調查紀錄裡吧？」

「如果我判斷這和案件有關的話。」

「十之八九和案件有關。」琉璃斬釘截鐵地說道。

「喂，妳這麼說的話，事情不就變得更麻煩了？」三膳抓抓頭。

「有個組織在研究半殭屍，這是錯不了的，而且研究殭屍化反轉程序的葦土先生被殺了，除此之外，調查這個案件的我還遭到半殭屍攻擊，可見這些事情全都有關。」

三膳看著上方思索了片刻。「是這樣嗎？」

「什麼意思？」

「真的有關嗎？」

「當然有關。」

「我先退一步，接受真的有半殭屍的存在。」

「這是無法動搖的事實。」

「可是只有目擊證詞，沒有物證。」

「什麼意思？你是說我的證詞不可信嗎？」

「我都說了我接受有半殭屍的存在，妳就別再跟我糾結那些小事了。」三膳一臉厭煩地說。「還有，我也接受有個半殭屍想殺妳的事。在此之前，我也接受妳被謀殺的事。」

「看吧，這不是全都有關嗎？」

「有關的只有妳和半殭屍。」

「啊？」

「妳的父母研究過半殭屍。」

「嗯，是啊。」

「妳和半殭屍的確有關，但我看不出這和葦土先生哪裡有關。」

「等一下。」琉璃盤起雙臂。「葦土先生被殺死了耶。」

「是啊。」

「這樣不就是有關嗎？」

「不，沒有關聯。葦土先生被殺害的事到目前為止還是獨立的事件。」

「這話是什麼意思？你是說這個偵探所做的事全都沒有意義？」有狩問道。

「也不一定啦。只要找到了這兩件事之間的關聯……」

「的確，這並不是毫無可能。」三膳說道。「目前還看不出葦土先生被殺害的事和八頭偵探遭人謀殺未遂的事有什麼關聯，但也不能說這兩件事絕對無關。」

「不能說無關的根據是什麼？」

「這個……」

「根據當然有。」琉璃說道。
「是什麼？有的話就說啊。」
「就是機率。」
「什麼意思？」
「身邊連續發生不相干的凶殺案和殺人未遂事件的機率想必不會太高吧。」
「如果妳只是普通的上班族，這種說法還有些道理，但妳是個偵探，被人謀殺的機率比較高，或許那只是剛好發生在葦土被殺之後而已。」
「不，發生這種事的機率……大概是多少呢？」琉璃求救似地望向三膳。
「妳看我也沒用，我哪裡知道啊？」
「哼。」有狩嗤之以鼻。
敲門聲響起。
「什麼事？」
「有人寄東西來。」門外傳來女性的聲音。
「拿進來。」
門一打開，走進來的是葦土被殺時也在案發現場的女職員瀧川麗美。她的手上拿著一個二十公分長的盒子。
「誰寄來的？」
「不知道，上面沒有寄件人的名字。」
琉璃還在努力地思索。

「我覺得妳再怎麼想也找不出能證明兩件事有關的證據。」三膳說道。
「不，我在想的是還沒找到的證據。」
「還沒找到的證據？」
「我在想要找到怎樣的證據才能證明這兩件事有關。」
「或許是能證明製造半殭屍的那些人殺死葦土先生的證據吧。」
「譬如怎樣的證據？」
「這得看那些人有什麼理由非得殺死葦土先生不可。」
「有什麼理由非得殺死葦土先生不可……當然是跟他的研究內容有關。」
「葦土先生的研究對那些人來說是不好的嗎？」
「沒錯，因為葦土先生發表研究內容會對他們造成不好的影響，所以才要殺死他。」
「等一下。如果殺了葦土先生，研究內容就不會被公開了嗎？」
「不，有狩先生早就知道葦土先生的研究內容，所以就算殺死了葦土先生，有狩先生還在的話，那殺人也沒意義。」
「這麼說來，如果凶手接下來把矛頭轉向有狩先生，就表示這兩件事有關……」
琉璃和三膳同時望向有狩。
有狩剛拆開盒子的紮繩，正要打開蓋子。
「住手！」「快住手啊！」兩人同時大喊。
「嗯？」有狩愕然地看著盒子裡面。「這是什麼？」他拿起一個像是用時鐘零件組成的裝置。

「快趴下！」三膳叫道。

「咦？」有狩似乎還沒搞懂狀況。

「會爆炸啦！」

「哇！」有狩把裝置丟到地上，鑽進鋼鐵製造的桌子底下。

三膳本來要衝向那個裝置，可是他發現麗美還呆呆地站在原地，就衝過去把她按倒在地上，用自己的身體護住她。

那是什麼東西？

琉璃拚命地思索。

那個看起來像炸彈的東西是什麼？既然看起來像炸彈，應該就是炸彈吧。那或許是在開玩笑，但若期待那只是個玩笑就太愚蠢了。

從尺寸來判斷，這個炸彈的威力應該不大，但他們四人離炸彈這麼近，還是會有生命危險。

有狩躲藏的桌子前方有鋼板，所以他是最安全的。再來是被三膳護住的麗美。最危險的就是用身體擋住麗美的三膳和依然站著的琉璃。

該怎麼辦？

琉璃考慮躲到有狩躲藏的桌子後面，但是桌子和牆壁之間有椅子，不知道還有沒有空間能讓她躲進去。

她也可以選擇直接就地趴下，但是她離炸彈不到兩公尺，在這麼近的距離趴下不趴下都沒差別吧。

那麼，要賭賭看能不能逃出房間嗎？

雖然不知道還要多久才會爆炸，但這應該是最安全的做法了。

可是她若跑出去，就等於是對房間裡的三個人見死不救，尤其是沒有任何遮蔽的三膳和麗美。

剛才三膳想要跑向那個裝置。

他打算做什麼呢？

那個裝置應該沒辦法停下來，所以他或許是想把裝置遠遠地丟出去。

琉璃看看窗戶。

很不巧，窗戶是關著的。琉璃不知道窗戶有沒有鎖上，也不知道能否立刻打開，搞不好還來不及打開炸彈就爆炸了。

她又看看門。

很幸運的是門從麗美進房間以後都是開著的。

如果把裝置丟到走廊，然後立刻躲進房間，就能把牆壁當成屏障。現在只能賭這一把了。

琉璃跑向了裝置。

「住手！要爆炸了！妳快逃啊！」三膳叫道。

或許在她抓住炸彈的瞬間就會爆炸，但現在沒時間考慮那些了。

琉璃吸了一口氣，用右手抓起裝置。

沒有爆炸。沒事的，幸運女神站在我這一邊。

裝置的重量很輕，頂多只有兩、三公斤。

「妳別亂動！把東西給我！」三膳正要站起來。

但是琉璃立刻往敞開的門跑出去。

沒事的。一定做得到。

琉璃踏上走廊，往旁邊看看。

運氣真好，走廊上沒人。

琉璃將手往後擺，打算用下勾式投球的動作把裝置丟出去。

她心想，這個動作或許是多餘的，只是平白浪費了幾秒。

拜託不要現在爆炸。她一邊祈禱，一邊把手往前甩，同時放開裝置。

裝置沿著拋物線落向前方。

似乎挺順利的。

琉璃的身體往房間裡撲倒。

她不打算用走的，而是要飛撲到房間裡。

裝置接觸到走廊地板，往前滑了幾公分。

看來她幸運躲過一劫了。

裝置突然消失。

咦？正當她感到疑惑時，突然聽見「砰！」的一聲。

啊啊，爆炸了。

如果裝置是在消失的瞬間爆炸的，聲音傳遞的速度是不是太慢了？

可是以她和裝置的距離來看，在百分之一秒內就能聽到聲音了。這樣看來，或許是她聽覺神經的反應速度變慢了？

此外，她過了一會兒才感覺到胸上的痛楚。

難不成出事了？

琉璃咚的一聲倒在地上。

痛感清楚地傳來。

她摸摸自己的左胸。

溼溼的，而且有個硬物。

啊啊，碎片刺進胸口了。還挺大塊的。

可能從背後穿出去了。

好難受。

一定是心臟……

16

今天是姊姊約會的日子。
琉璃盯著姊姊愉快梳頭的模樣。
「幹麼？妳從剛才一直盯著我看。」
「沒什麼，只是覺得姊姊好像很開心。」
「當然開心啊，今天可是我們的第一次約會呢。」
「……太好了呢，姊姊。」
「……妳那是什麼語氣？」
「我的語氣很普通啊。」
「聽起來似乎很不甘心。」
「沒這回事啦，是姊姊想太多了。」
「妳想說那封信是妳寫的，所以這是妳的功勞吧？」
「我又沒有這樣說。」
「妳覺得去約會的人應該是妳吧？」
「我沒有這樣想啦。我怎麼可能去約會嘛。」
「妳的語氣就是一副受害者的樣子，真噁心。」

「姊姊，妳到底是怎麼了？妳剛才不是還很開心嗎？」

「如果我心情變差，那也是妳害的。」

「對不起，可是我真的不知道自己做錯了什麼。」

「妳覺得自己很可憐吧？」

「姊姊，我沒有這樣想啦。」

「而且妳還想讓我也覺得妳很可憐。」

「我一點都沒有這樣想。」

「很不巧，我完全沒有這種想法。妳一點都不可憐，琉璃。」

「這樣就好了，姊姊。」

「什麼嘛！妳想要裝成一心希望姊姊幸福的偉大妹妹嗎？」

「別說這種話啦，聽起來真讓人難過。」

「哼。妳硬要說自己沒有不甘心就是了……」

「我哪裡是硬要說……」

「算了，隨便妳啦。」沙羅一副懶得搭理的態度。

沙羅似乎不打算繼續抱怨下去，琉璃不由得鬆了一口氣。

「妳剛才鬆了一口氣對吧？」

「……」

琉璃的個性很老實，她一時之間想不出要說什麼話才不會惹沙羅不高興。

「很遺憾，妳沒辦法放鬆了，因為妳還得陪我去約會。」

「事情本來就是這樣，妳沒辦法拒絕的，琉璃。」

琉璃點頭。

沙羅總是對的。她說的絕對沒錯，所以不能反抗。

「可是妳千萬不能讓菟仲發現妳喔。」沙羅強調地說。「知道了嗎？」

「嗯。」

「我可要把話說清楚，就算妳不是故意的，只要妳被菟仲發現了，那妳就準備完蛋吧。」

「姊姊……」

「完蛋……」

「我會清楚地告訴爸爸媽媽，說我要讓妳完蛋。」

「等一下，姊姊，怎麼可以妳一個人擅自做決定呢？」

「不是我一個人決定，那還有誰能做決定？」

「我啊。」

「妳？別傻了，妳才不能算數。」

「哪有這樣的。」

「只有我的意見能算數，妳根本不被當成一回事。」

「哪有這樣的。」

「妳以為桌子、床、房間、生日蛋糕都只有一人份是為什麼？」

「那又不是給姊姊一個人的，而是讓我們兩個人共用的。」

「兩個人共用一個人的東西？哪有這種事？一個人的東西就是給一個人用的。而且這一個人是我，因為妳根本不被當成一回事。」

琉璃很傷心。她一直努力讓自己別這麼想，一直把自己和沙羅視為平等的，但她偶爾還是會意識到這不是事實。我沒有任何價值。沙羅的人生才是真的，我的人生只不過是幻影吧？

琉璃總是會在這種時候關起妄想的門扉。

我就算被欺負也是無可奈何的。可是，姊姊為什麼要欺負我呢？欺負我又沒有意義，因為我根本不被當成一回事。

姊姊真的可以讓我完蛋嗎？她有辦法說服爸爸媽媽嗎？

如果我在菟仲面前揭露一切，就可以知道姊姊說的是不是真的了。

可是……

我絕對做不出這種事。我也沒必要確定姊姊說的話是真是假。假如我做了這種事，結果發現姊姊說的話是真的，那就再也無法挽回了。我會失去一切。

不，就算姊姊說的話是假的，我還是會失去很多。不管她的話是真是假，我都會失去些什麼。

所以我不會揭穿真相，我也不能揭穿真相。

但是姊姊很擔心我會揭穿真相。

既然她這麼擔心，為什麼她……

姊姊說我非得悄悄地陪他們兩人去約會不可。

我下定決心，要看著他們約會到最後。

沙羅到達了相約的公園時，菟仲已經坐在長椅上等她了。

「等很久了嗎？」

「沒有。」

「對不起，我遲到了十分鐘。都是妹妹……」

「妹妹？」

「不，是像妹妹一樣可愛的鄰居小孩一直不肯放我走。」

「像妹妹一樣的小孩啊……我一直覺得妳很有姊姊的感覺，所以聽到妳說沒有其他兄弟姊妹還覺得很意外呢。」

「哎呀，是這樣嗎？真奇怪呢。雖然我沒有兄弟姊妹，不過我常常照顧鄰居的小孩，所以才會有姊姊的感覺吧。」

姊姊很有姊姊的感覺？

琉璃差點笑出來。

沙羅一點都沒有姊姊的樣子。沙羅和她是雙胞胎，所以沒有年齡差距。當然，沙羅在形式上確實是姊姊，家人也都叫她「姊姊」，或許是因為這樣才讓她有了「姊姊」的自覺，這也影響了她平時的言行舉止。但是琉璃從來不覺得沙羅像個姊姊，沙羅只是個把麻煩事全推到她身上、負責扯她後腿的人。

「咦？剛才是誰在笑？」

糟糕。他聽見了嗎？
沙羅乾咳了一聲。「我沒有笑，只是被痰卡住了。」
「我不是說妳，聲音是從那邊來的……」菟仲指著公園的草叢。
「那裡沒有人啊。」
「大概吧。如果那裡有人，一定是故意躲起來的，不過躲起來偷看我們也沒有好處吧。」
「當然啊，那種地方不會有人的啦。」
「等一下。」菟仲摸著下巴思索。
「說不定是變態，或是打算搶劫我們的搶匪。」菟仲站了起來。
「等一下，不可能有那種事啦。」
「為什麼妳覺得不可能？」
「因為現在是大白天，附近有很多人，如果在這種地方犯罪，立刻就會被抓了。」
「的確是這樣。」菟仲又坐下了。
沙羅做出鬆了一口氣的動作。
「妳剛才在吐氣？」
「因為痰沒再卡住了。」
「什麼啊，原來是這樣。」
沙羅擦擦額頭上的汗水。
「慢著，還有其他的可能性。」

「什麼可能性？」沙羅將上身前傾，像是要擋住菟仲的視線。

「妳的家人啊。妳有沒有跟誰說過我們今天要約會？」

「呃？喔喔，那個……我沒有說。」

「妳不確定嗎？」

「嗯，我出門時匆匆忙忙的，或許有隨口提一下吧。你想想嘛，我當時都快遲到了，事實上也真的遲到了。」

「這麼說來，妳的家人可能知道我們今天要約會？」

不只是可能，琉璃清清楚楚地從沙羅口中聽到了他們今天要約會的消息。

「確實有這個可能。」

「他們聽到這是第一次約會，或許會擔心妳。」

「誰？」

「妳的家人啊。說得更清楚一點，就是妳的父母。」

爸爸媽媽根本不知道沙羅今天要約會。

「我父母怎樣？」

「我是說，他們可能會擔心妳。」

「為什麼？」

「因為這是我們的第一次約會啊。」

「第一次約會有什麼好擔心的？」

「這個嘛，譬如說約會的對象不正常啦……」

菟仲完全沒發現自己才是跟不正常的對象在約會。

「你又不是不正常。」

「就算妳這樣想，妳父母也不見得會這樣想。」

「我父母應該沒有跟蹤的才能。」

「當然，我也沒說妳的父母在跟蹤我們，不過他們可以叫鄰居的小孩或有空的青年來做。」

「我不認為他們會做到這種地步。」

「去檢查一下草叢就知道了。」

菟仲站起來，朝著草叢走去。

「等一下！」沙羅發出驚呼。

「怎麼了？」

「好像是我爸爸。」沙羅指著另一個方向說。

「咦？」菟仲當真了，拚命地盯著沙羅指的方向。

此時沙羅趁機走開幾步。

「妳剛才是不是笑了？」沙羅用小到幾乎難以聽聞的聲音說道。

「對不起。我……」

「噓！」沙羅走回菟仲身邊。「對不起，大概是我神經過敏吧。」

「神經過敏？」菟仲想了一下，又走向草叢，到處打量。「沒人耶。」

「你也神經過敏了吧。」

「不對，不是這裡，而是更近的地方。」

此時琉璃覺得好像跟菟仲對上了視線。

「啊。」琉璃忍不住叫道。

沙羅往琉璃瞥了一眼。她似乎發現了。

菟仲左右張望。

「你在找什麼？」沙羅一臉緊張地問道。

「沒什麼。」菟仲微笑著說。「可能真的是我神經過敏吧。」

琉璃的心情很複雜，她有些安心，又有些寂寞。

此時此刻，我有機會向菟仲告白。

我可以跟他說，我在這裡，寫信給你的人是我。

但我絕對不會做這種事，因為我不想傷害姊姊，我也不想讓自己受到更多傷害。

「哎呀，你真是壞死了。」沙羅摸著菟仲的肩膀。

「妳才是個小惡魔呢。」菟仲摟住了沙羅的背。

琉璃痴迷地盯著他的臉。

17

「這到底是怎麼回事？」有狩怒吼著。

「包裹裡有爆裂物。」三膳答道。「她把東西丟到走廊時，東西就爆炸了，結果碎片就……」

「就算她是個偵探，畢竟還是一般民眾，應該是你要去處理炸彈吧？」

「全都是我的責任。」三膳衝到琉璃的身邊。

三膳一看見琉璃的情況就倒吸了一口氣。

一塊巴掌大的金屬碎片插在她的胸前。她是以側臥的姿勢倒在地上，因此可以看到背後，那塊碎片顯然刺穿了她的身體。

血流了不少，但是快要止住了。這絕對不是個好跡象。

要從哪裡開始著手呢？

三膳默默自問。

要先檢查呼吸和脈搏，如果停了就得做心肺復甦術。他雖然知道急救程序，但對方的胸口還插著一塊金屬碎片時又該怎麼做？

三膳姑且先讓琉璃仰躺。

因為背後有碎片卡住，所以她的身體有些歪斜，但也沒辦法了。

他握住琉璃的手腕，卻摸不出有沒有脈搏。

接著他把耳朵貼在她滿是鮮血的胸前。

他聽到了心跳聲，但他不確定那是她的心跳還是他自己的。

「冷靜下來。」

要先處理那塊碎片嗎？從位置來看，有可能刺到心臟，肺一定受傷了。這碎片或許阻礙了心肺的動作，而且絕對會妨礙他做心肺復甦術。

拔出碎片一定會開始大量出血，就算心肺功能恢復了，如果出血不止還是會立刻死亡。

話雖如此，身體還插著碎片的狀態根本沒辦法做心肺復甦術。此外，身上插著金屬片時可以使用AED（心臟去顫器）嗎？

對了，AED。

「哪裡有AED？」

有狩從走廊拿來了AED。「要先脫掉衣服嗎？」

碎片刺穿了她的身體，看來似乎很難脫。

「我去拿剪刀吧。」

「不用，直接撕開就行了。」三膳撕開了琉璃胸前的衣服。

「嘔！」麗美看到傷口就立刻吐了。

傷勢比想像的更嚴重。金屬片在她的胸前直直地割開了一長條裂痕，脂肪、肌肉、肋骨的殘骸都露出來了。

三膳不太了解人體構造，他猜從傷口露出一半的那個器官應該是心臟。變成了暗紅色，而且已經不動了。

「AED該接在哪裡？」有狩問道。「直接貼在心臟上嗎？還是接在金屬片上？」

「請等一下，我還沒問過這種情況該怎麼處置！」三膳高聲說道。

「不快點急救的話，她就會變成殭屍了。」

「我知道啦！可是我不確定該怎麼做才好。是要拔出碎片，還是該維持原狀？心臟如果開始跳動，要從哪裡做心臟按摩？」

「等救護車來也是一個方法。」有狩說道。「可是等到那個時候大概也沒救了。」

「那個……」麗美搗著嘴說道。「我覺得應該把碎片拔出來。」

「為什麼!?」三膳用怒吼般的語氣問道。

「受重傷的時候通常不會拔出刀子或碎片，那是怕造成嚴重出血吧。」

「這點我當然知道，所以才會猶豫。」

「可是你看看，她的傷口大到整個胸腔都看得見了。」

「是啊，我從沒見過這麼嚴重的傷勢。」

「如果刀子或碎片堵住了傷口，拔出來時才會造成大出血。但是這個碎片並沒有堵住傷口啊。」

說得也對。傷口都裂得這麼大了，拔出碎片應該不會增加出血的危險。但他還是不知道拔出碎片之後要怎麼做……

「心臟已經停止幾分鐘了？」有狩問道。

三膳看了看時鐘，但他不知道心臟已經停止了多久。

為什麼不知道呢？

因為腦袋還反應不過來，而且他也不確定爆炸發生的時刻。

或許已經來不及了。不對，沒有人看到這個傷口之後還會覺得她依然有救。不過，該做的事還是得做。這個女孩救了我們的命，我們絕對不能對她見死不救。不管要怎麼做，都得在她變成殭屍之前讓她活過來。

用不乾淨的手處理傷口不太好，但現在沒時間讓他洗手消毒了。

三膳用指尖捏住碎片。他本來以為會涼涼的，但碎片比他想像的溫暖，不知道是爆炸的熱度殘留在上面，還是因為她的體溫而變暖的。

三膳試著拔出碎片。

滑溜的碎片從他的指尖滑開。

因為沾了血和脂肪，所以變得溼溼黏黏的。

三膳握緊碎片。

用力一拉，他的手被割傷了。

鮮血滴滴答答地落在琉璃的心臟上。

碎片再次從他的指尖滑開。

「你在做什麼啦！握緊一點啊！」有狩大吼道。

混帳！我絕對不能讓她死掉！

為了抓緊碎片，三膳把手指伸進琉璃的心臟裡。

這不是個好方法，但他沒有其他方法了。

他感覺到組織撕裂的觸感，混濁的體液滴了下來。

真像殭屍。當他正在這麼想的時候，碎片拔出來了。

三膳用力過猛，向後倒下。

一些液體飛濺在他身上。

碎片落在地上，發出了鏗鏘聲，然後在髒汙的地上滑開。

接下來該怎麼做？心臟按摩？ＡＥＤ？

三膳站起來，走回琉璃身邊。

三膳睜大了眼睛。

心臟上有一條大得怵目驚心的裂痕。

但是讓三膳驚訝的並不是心臟上的傷口。

琉璃的心臟開始緩緩地跳動。

糟糕，變成殭屍了。已經沒救了。

肺也開始活動了。她正在慢慢地呼吸。

三膳拿出手槍。

聽說殭屍沒有痛覺，但他還是希望只用一發子彈就能解決。

「發生……什麼事了？」琉璃喃喃說道。

這是怎麼回事？

「炸彈爆炸了嗎？」琉璃問道。

「發生什麼事了!?」三膳也喃喃說道。

「我受傷了嗎？」

不可能的。殭屍不會說話。她還活著。不可能的。

「到底發生什麼事了!?」

「喂，我傷得很重嗎？」

「非常嚴重。告訴我，到底發生了什麼事？」

「我沒有躲過爆炸。」

「碎片刺進了妳的胸口。」

「對耶，碎片飛得到處都是。」

「現在聽到妳這麼說我才注意到。」

「除了胸口以外，手和肩膀上也都插著碎片。」

「真的耶，不過最嚴重的還是胸口。」

「對不起，我現在站不起來。」

「我知道。」

「那個……我的心臟跳得太慢，維持不了血液循環。心律調節器應該壞掉了。」

「妳有裝心律調節器嗎？不過我覺得問題不在這裡。」

「沒事的，我的傷勢不像外表看起來的那麼嚴重。」

「怎麼看都很嚴重吧，妳還能活著簡直是奇蹟。」

「奇蹟……是啊，這應該是奇蹟。」

「救護車就快來了。」

「我有想去的醫院，把我帶到那裡吧，院長是我爸爸的朋友。」

「還是送妳去最近的醫院比較好吧？現在的情況是分秒必爭。」

「不用急啦，我沒事的。」

「心臟露出來的人說出這種話一點都不可信。」

「相信我，那間醫院一定能把我治好。」

「這到底是怎麼回事!?」有狩叫道。

「我也不知道。」三膳說道。「了解狀況的人大概只有八頭吧，但她都變成這個樣子了，可能沒辦法回答。」

「不，我沒事。雖然腦袋因為血液輸送不過來而有些遲鈍，但我還是能回答問題的。」

「妳知道自己的情況嗎？」有狩問道。

「嗯，我確實傷得很嚴重，但是損害不像外表看起來那麼大。」

「妳受了這麼重的傷還能動，任誰看了都會以為是殭屍吧。」

「這種推論很合理。」

「我看到妳的心臟開始跳動時也以為妳變成殭屍了，三膳刑警拿出手槍一定也是為了對付變成殭屍的妳，是妳突然開口說話，他才沒有開槍射妳。」

「還好我在被射之前先說話了。」

「告訴我，為什麼妳受了這麼重的傷還能活下來？還是說，其實妳已經死了？如果死了，為什麼還有意識？」

「你是在問我『妳現在是死還是活』嗎？」

「簡單說起來就是這樣。」

「該怎麼解釋才好呢？總之我有一部分已經死了，有一部分還活著。」

「也就是說……妳是半殭屍？」三膳睜大了眼睛。

「半殭屍？太愚蠢了。」有狩不屑地說道。

「也就是說，妳的父母把妳當成了實驗品嗎？」三膳問道。

「等一下。」有狩似乎注意到了什麼。「我想起來了。八頭……對，就是八頭。就是一直做動物實驗的那對夫妻。因為他們消耗了大量的實驗動物，在公司內外都有人在批評，原來那是在做半殭屍的實驗。沒想到他們竟然把女兒也抓來做實驗了……」

「不是的。」琉璃說道。「我父母沒有拿我做實驗。」

「可是妳明明……」三膳說道。

「喔，是啊，光看結果的話，他們的確在我身上做了實驗，但那是無可奈何的。」

「無可奈何？哪有這種事。不管有什麼理由，用自己的女兒來做殭屍實驗都是不可原諒的吧。」

「如果我父母不把我變成半殭屍，那我就會變成真正的殭屍了。」

「為什麼？」

「幾年前，我發生了嚴重的意外，那時我就快要死了，他們只能選擇眼睜睜看著我死，或是把我身體的一部分變成殭屍，讓我的大腦和其他部位繼續活著。」

「原來妳是受了瀕死的重傷啊。」有狩的眼睛發亮了。「想必是重要的器官——譬如心臟——壞掉了，心臟一旦停止，人就活不久了，頂多只剩幾分鐘的時間，要移植心臟也來不及了，所以妳父母才會決定賭一把。」

「他們把我死掉組織的細胞強制降低了免疫力，使殭屍病毒迅速繁殖，同時動手術連接損傷的血管和神經，使其他部分的組織存活下來。」

「太厲害了，這真是個奇蹟。看到自己的女兒快死了還能做出這麼冷靜的處置已經是奇蹟了，這個處置竟然還能碰巧成功，簡直是奇蹟中的奇蹟。」

「半殭屍的技術在那時已經算是完成了。」

「資料呢？當時的資料是極有價值的。」

琉璃無力地搖頭。「資料被我父母藏起來了，也有可能銷毀了。」

「妳父母現在在哪裡？」三膳問道。

「下落不明。我發生意外之後沒多久，他們兩人就失蹤了。」

「這和妳的意外有關嗎？」

「我不知道。」

「妳查過妳父母所有的物品了嗎？」有狩問道。

「查過了，可是我沒有找到任何關於他們下落的線索。」

「不是啦，我問的是實驗的資料。應該有用媒體記錄的檔案吧。」

「有狩先生，這些事不用現在問吧。」三膳說道。

「你不知道這事有多重要。如果可以順利地製造出半殭屍，就可以立刻大幅提升現今的醫療技術。」

「等救護車來再處置比較好嗎？」麗美在琉璃的身邊跪下來。

「這個嘛……」琉璃做了兩三次緩慢的深呼吸。「既然出血的情況不嚴重，應該不會有什麼事。不過我是第一次受這麼重的傷，所以我也不清楚。」

「出血幾乎停止了呢。」

「大動脈先不論，因為殭屍化的部分盡量不和活著部位的血管連接，所以只要沒傷到大血管應該就不會有事。」

「心臟上的傷口沒關係嗎？」

「因為料到心臟不用多久就會變得殘破不堪，所以裡面已經分隔成許多小區塊，就算裂開也不會導致嚴重出血。這也是我父母做的手術。哎呀，瀧川小姐，妳的臉色很蒼白耶，沒事吧？」

「我還好。剛才吐過之後稍微舒服一點了。」

「要吐就去廁所吐。」有狩說完以後才發現房間裡充斥著大量鮮血和金屬碎片。

「啊，都搞成這副德行了，吐在這裡也沒差了。」

「有狩先生，請你不要太靠近琉璃小姐。」三膳說道。

「為什麼？能近距離觀察半殭屍的機會可不多耶。」

「她受了重傷，雖然這環境也很不衛生，我們現在滿身灰塵，最好還是不要接近她。」

「你擔心她被感染嗎？殭屍病毒會分泌出強效的抗生素，不可能被細菌感染的。」
「是的。嚴格說來那不是殭屍病毒分泌的，而是殭屍病毒和人類細胞的共生體分泌的。」
「既然如此，就不用擔心感染了啊。」
「她不是完全的殭屍，還是有活著的部分。」
「哪些部分？」
「這只有她自己知道了。」
「我自己也不太清楚，只是有個粗淺的概念。」
「我想觀察得更徹底一點。」有狩一臉飢渴地盯著她的傷口。「要不要去我們研究所的醫院？可以免費讓妳住院喔。」
「你想做什麼？」
「只是稍微做些檢查。既然沒有實驗資料，乾脆直接從實驗樣本的身上調查資料。」
「我拒絕。」
「妳說什麼？」
「我說我拒絕檢查。」
「可以免費住院耶。」
「就算給我錢我也不要。」
「妳會後悔的。」

「執行董事，她是我們的救命恩人喔。」麗美說道。
「對妳來說是這樣沒錯。」
「對執行董事來說也是吧。」
「我躲在桌子後面，就算炸彈在房間裡爆炸，我也不會有事的。」
「那可不一定。」
「……也對。所以我該感謝她嗎？」
「這樣比較好。」
「謝謝妳，八頭。」
「不客氣。」
救護車的警笛聲逐漸接近。
「該怎麼跟救護人員解釋才好？」三膳問道。
「什麼都不用說，我會告訴他們我要去的醫院。」
「如果不解釋，他們看到妳的傷勢，搞不好會以為妳是殭屍。」
「殭屍不會指定要去的醫院吧。」
「所以他們才會覺得奇怪啊，哪有人受了快要死的重傷還能活跳跳地說話？」
「我哪裡活跳跳了？明明連哭叫的力氣都沒有，而且我痛得都快要昏過去了。」
「昏過去比較輕鬆的話，那妳就昏過去吧。」
「我要保持清醒，如果昏過去就不知道自己會被送到哪裡了。」
「知道了。目的地會以妳的意見為主。」

「人是從我們公司抬出去的，也該聽聽我們的意見吧？」有狩如此宣稱。

「你的邏輯真是讓人無法理解。」

「好吧。妳要多少錢才肯來我們醫院？」

「我已經說過了，給我錢我也不要。」

「我可以出一億圓。」

「再加一萬倍我也不要。」琉璃立即回答。

「妳會後悔的！」有狩不悅地說道。

救護車停了下來。

「我才不會後悔。絕對不會。」

18

「為什麼妳不告訴我？」優斗說道。

這裡是醫院裡的單人病房，所有窗戶都用百葉窗簾遮住。

「有必要告訴你嗎？」

「當然啊。如果妳是……呃……那個……」

「半殭屍？」

「對。如果我知道妳是半殭屍，就可以給妳建議了。」

「是嗎？你一聽到我父母做了人體實驗，就不確定要不要繼續協助我了。」

「那是因為妳的表達方式不對。他們又不是存心這樣做，而是因情勢所迫而不得不做。」

「是三膳刑警告訴你的嗎？」

「是啊，他覺得這些事應該可以告訴親友。」

「你跟他說你是我的親友!?」

「是啊。」

「為什麼!?」

「這還用問嗎？因為我確實像是妳的親友嘛。」

琉璃睜大眼睛。「只在工作上有往來的人才不叫親友，而且我們在工作上的關係都已經結束了。」

「三膳刑警可能覺得必須通知某些人吧。」

「他要那樣想是他的事，但是你接到通知就裝成一副親友的樣子衝過來，這不是很奇怪嗎？」

「不是裝成親友，應該說是代理親友……」

「沒有『代理親友』這種東西吧。」

「那麼，當三膳刑警聯絡我時，我該怎麼做呢？」

「你就回答他『我和她沒有關係，不要再聯絡我了』。」

「如果我這樣說話，會給人留下很差的印象吧。」

「無所謂吧，反正我們也不會再見面了。」

「我不是說給妳的印象，而是給警察的印象。」

「那你是來幹麼的？」

「我很擔心妳，所以不管三七二十一就衝來了。」

「你是來參觀怪物的嗎？很遺憾，傷口已經縫合了，我還換了新的心律調節器，行動都沒問題了，現在躺在床上只是為了謹慎起見。因為我無法自行痊癒，所以傷口還在，但是可以用皮膚移植來遮蓋。殭屍沒有免疫系統，只能用其他殭屍的皮膚來補。」

「我不覺得妳是怪物。」

「如果你看到當時的情況就不會這麼說了。」

「不，我看到了照片，沒有想像中的嚴重啊。」

「咦咦！」琉璃的臉一下子就紅了。「為什麼你會看到照片!?」

「三膳刑警給我看的。他說給親友看一下沒關係。」

「我現在就要打電話給三膳刑警，跟他說這個叫竹下的男人跟我無關，以後別再跟他聯絡。」

「被妳這麼一說，搞得我好像是跟蹤狂一樣。」

「是啊，如果你再糾纏我，我就要報警說有跟蹤狂在騷擾我。」

「喂，妳饒了我吧。」

「對了。你應該向我道歉吧？」

「道什麼歉？」

「你說我是偽偵探。」

「我說過那種話嗎？」

「說過啊。」

「我不記得了。」優斗抓抓頭說。「對了，三膳刑警倒是道歉了。」

「道什麼歉？」

「因為他推測葦土被殺的事和妳遭到攻擊的事無關。他說現在這麼一看確實有可能。」

「真奇怪。」

「不奇怪吧，凶手確實不想讓人知道葦土的研究和半殭屍有關啊。」
「我說奇怪指的不是這個。」
「那妳指的是什麼？」
「三膳刑警為什麼要向你道歉？」
「因為他不相信妳的推理，所以很過意不去吧。」
「不是這樣啦。」
「那到底是什麼？」
「他對我過意不去很正常，這是理所當然的。奇怪的是，他對我過意不去，為什麼要向你道歉？」
「因為我是妳的親友啊。」
琉璃不悅地咂舌。
「妳在不高興什麼？」
「我不高興三膳刑警以為你是我的親友，也不高興你沒有糾正他，就這麼接受了。」
「原來是為了這個。要解決的話很簡單啊。」
「怎麼解決？」
「讓誤會不再是誤會就好了。」
「到底要怎麼做才能讓誤會不再是誤會？」
「只要讓我當妳的親友就好了嘛。這麼一來，三膳刑警的誤會就不再是誤會了，我不糾正他也沒關係了。」

琉璃想了一下。

「怎樣？很棒的提議吧？」優斗說道。

「你想當殭屍的親友？真是個差勁的笑話。」

「我不是想當殭屍的親友，而是想當妳的親友。」

「我就是殭屍。」

「只有一部分是。」

「當我的親友就等於當殭屍的親友。」

「如果我說『我不是想當殭屍的親友，而是我想成為親友的人剛好是殭屍』，聽起來很帥吧？」

「一點都不帥。你只是在自我陶醉。」

「妳可能誤會了，我不是在跟妳求婚喔。」

「這樣啊，那我比較放心了。所以你說要當我的親友是什麼意思？親友指的不就是家人嗎？」

「狹義是指家人沒錯，但廣義來說，類似家人或親屬的親密關係也包含在內。」

「所以呢？」

「工作上往來密切的夥伴也算是廣義的親友吧。」

「轉得太硬了。」

「硬一點也無所謂。只要妳能接受，我們就可以這樣做。」

「不要。」琉璃立即回答。
「為什麼？」
「這對雙方又沒有好處。」
「當然有。」
「有什麼好處？」
「對妳來說，得到親友就是好處。」
「那對你來說呢？」
「這個嘛……得到親友就是好處。」
「你倒是說說看，得到親友會有什麼好處？」
「就像現在啊。受傷的時候就會有人來探望了。」
「探望什麼的煩死人了。」
「還有，疲憊地回到家後會有人慰問、幫妳準備吃的。」
「這樣就不是廣義的親友，而是家人了。而且我又不需要別人慰問我、幫我準備吃的，我一回家就睡得像死了一樣。」
「生日和聖誕節的時候可以互送禮物……」
「我又不想要禮物，也不想送人禮物。」
「……如果有朋友，在發生萬一的時候就能託付他了。」
「我沒有財產可以留給別人。」
「我說的不是財產。難道妳死的時候不會留下一兩個未完的心願嗎？」

「我會把想做的事全都做完。」

「如果沒做完呢？妳不用對誰交代一下後事嗎？」

「我才不會留下什麼未完的心願。」

「這點還很難說吧。」

「我不會死的。我才不會因為一點小事就輕易地死掉。」

「那是因為碎片刺到的是胸部，如果刺到頭，妳就死定了。」

「事實上刺到的就是胸部。」

「妳只是運氣好。」

「是啊，我的運氣很好。我的厄運在變成殭屍時已經全都用光了。」

「講運氣太不科學了。」

「在我們還小的時候，大家也說殭屍很不科學。」

「殭屍和運氣是不同層面的事吧。」

「喂，你到底打算在這裡待多久？」

「嗯？我今天挺閒的，可以待到傍晚……」

「給我出去。」

「啊？」

「是說你為什麼可以隨便進我的病房？」

「因為我是妳的親友啊。」

「你才不是我的親友。」

「因為我是妳的親友，他們才會讓我進來。」

「那我現在要放聲大叫，說『我不認識這個人』。」

「妳這樣做的話會引起大騷動的。」

「我不在乎引起騷動。」

優斗抓抓腦袋想了一下，最後還是決定放棄。「好吧，那我先走了。」優斗走向門口。

「等一下。」琉璃說道。

「妳還有什麼不滿嗎？」

「假如說……」

「假如？」

「假如說，我哪天失算了，好運也用光了，還沒完成某些事就要死去的話……」

「妳不是說妳想做的事都會做完嗎？」

「是啊，當然，我說的是假設情形啦。萬一我真的有什麼未完的心願，可能就要拜託你了。」

「我知道了。那我該做什麼呢？」

「到時才會知道啦。什麼事已經做了、什麼事還沒做，沒到那個時候是不會知道的。」

「好，所以我到時幫妳去做就行了吧。」

「是啊。那就掰啦。謝謝你答應我的請求。」琉璃翻過身，背對著他。

「也就是說，我已經是妳的親友了？」

「隨便啦，你要這樣想也無妨。」

19

「敵人」是認真的。

琉璃如此確信。

那個炸彈不只是恐嚇。如果被碎片刺中的人不是琉璃的話，那就死定了。不，就算是琉璃，被刺中大腦也是會沒命的。

所幸三膳當時拔掉了碎片，雖然殭屍化的內臟裂開了也不會停止運作，但是刺著一大塊異物可能會導致心臟無法搏動，如果心臟跳不動，琉璃的大腦在幾分鐘之內就會死亡。即使心肺功能很緩慢，只要還會動，就能把氧氣輸送到腦部。

「敵人」打算殺了有狩，可見 Ultimate Medical 研究所的研究內容會對他們帶來麻煩。殭屍化反轉程序是半殭屍技術的剋星嗎？或是兩者加起來會變得更強大呢？這點目前還無法得知，現在只能確定他們認為有必要殺死相關人士。

既然半殭屍的調查陷入僵局，現在只能從殭屍化反轉程序著手了。

不過上次去研究所時，對方很不配合。豬俣以危險為由不肯幫忙調查，但感覺不太對勁，或許只是不想讓她繼續打探。

琉璃想了又想，決定直接去找有狩談判。

「妳可以下床啦？」在依然留有爆炸痕跡的執行董事辦公室裡，有狩打量著琉璃受過傷的部位。

「是啊，因為我是殭屍嘛。」

「妳做了哪些治療？」

「活的部分做了一些檢查和包紮，殭屍的部分只需要縫合，此外我還裝了新的心律調節器。」

「光是這樣就行了嗎？」

「是啊，因為我是殭屍嘛。」

「妳去的是哪間醫院？」

「我得先告訴你，就算你去那裡也拿不到我的資料。」

「唔……我倒是覺得這對雙方來說都不是壞事。」

「別說這個了，倒是你能不能讓我再去研究所調查一次？」

「為什麼？」

「因為現在的情況不同，凶手開始積極進攻了。」

「凶手似乎很心急，這次和葦土被殺的那次不一樣，他們現在甚至懶得偽裝了，一來就直接要人的命。」

琉璃點頭。「現在情勢危急，我們必須盡快找出凶手，所以請你准許我再去研究所調查。」

有狩搖頭說：「不行。」

「為什麼？」

「因為現在的情況不同了，這不是區區一個偵探能處理的案件，還是交給警方去調查吧。」

「你怎麼能斷定我沒辦法處理呢？」

「這不是我斷不斷定的問題，妳確實沒辦法事前防止事件發生啊。」

「要這樣說的話，警方也做不到吧？」

「是沒錯啦……」

「我至少保住了你的命，如果當時只有三膳刑警在場，你們可能已經全死光了。」

「我可以保護自己。」

「你以為鋼製的桌子擋得住碎片嗎？」

「這玩意兒很堅固的。」有狩用拳頭敲敲桌子。「我是聽說有防彈功能才買的。」

「就算這桌子可以防彈，我也不建議你靠它來擋炸彈。」

「妳又不是爆破專家。」

「我確實不是，但我講的是一般的常識。」

「只有脖子以下的部分是殭屍，這算是常識嗎？」有狩露出渴望的表情說道。

「我們言歸正傳吧。你不覺得讓我去調查研究所才合理嗎？」

「這是什麼道理？」

「警方把調查這個案件當成工作，他們只會做自己負責的部分，下班時間一到就回家了。」

「現在的公務員不太能接受超時工作嘛。」

「換成是我的話，就會拚命地調查。」

「妳不也是只做自己被交代的工作嗎？」

「不，我對這件案子擁有超越工作的熱情。」

「妳憑什麼要我相信這一點？」

「你稍微想一下就知道了。我就算不拿酬勞也要調查下去，因為我和你一樣，都賭上了自己的命。」

「原來如此。可是……」有狩沒有輕易被說服。「沒有證據可以證明想殺妳的人和想殺我的人是同一批。如果不是同一批人，妳就沒必要拚命找出想殺我的凶手了。」

「這兩件殺人未遂案件的凶手有可能是不同的人，不過這不重要，只要我認為兩件案子的凶手是相同的，我就會拚命找出想殺你的人。」

「這樣啊。妳說的確實有道理。」

「那麼你能讓我再去殭屍研究所調查嗎？」

「好啊，但是我有一個條件。」

「我有不好的預感……你說吧。」

「讓我檢查妳的身體。」

琉璃嘆了一口氣。

「不行嗎？如果不行，那調查的事就……」

「等一下。」

「妳願意接受這個條件嗎？」

「好，但我也有條件。」

「什麼條件？」

「你想檢查沒問題，不過要等到整件事結束以後。」

「整件事結束？」

「就是等抓到了凶手，或是已經看清楚案件的全貌以後。」

「這麼說的話，如果沒有找出凶手，我就永遠不能檢查妳的身體囉？」

「沒錯。」

「那我太吃虧了，妳只要一直拖著事情不解決，就永遠不用接受檢查了。」

「這樣做對我自己有什麼好處？」

「誰知道，或許妳還有些我不知道的隱情。」有狩瞪著琉璃說道。

那銳利的眼神瞪得琉璃心中一驚。「就算我沒解決案件，如果警方解決了案件，我也會接受檢查。」

「這樣啊。」有狩想了一下。「看來讓妳去調查也沒什麼損失。不過，請妳千萬不要洩漏我們公司的機密。」

「關於這件事，我已經簽過契約書了。」

「妳如果違反了契約也沒什麼東西可以賠給我們，這點令我有些擔心，而且妳還向刑警洩漏過我們的機密。」有狩一臉不悅的樣子。

「又沒有實際的損失。」

「但是……算了，我就准許妳去研究所調查吧。不過，只有明天一天，而且案件解決以後妳就要讓我們檢查妳的身體。沒問題吧？」

「可以。」琉璃以十足的決心回答。

20

「上次我已經向妳說明，如果急著調查會很危險。」豬俣毫不意外地拒絕了琉璃的請求。

「我已經得到有狩先生的許可了，請帶我去研究室吧。」

「請等一下，我得先確認。」豬俣撥打了電話。「是的，她現在就在這裡……可是……樣本不能讓她看，反正她看了也不知道是什麼東西……隨便解釋一下就好？她又不是什麼都不懂的外行人……好的，只要是我知道的範圍內……非常抱歉，我不會說謊，只要是我知道的，我就會如實告訴她……好的，既然已經簽了保密契約書，應該就沒問題了……好的。」豬俣掛斷了電話。

「你看，我就說我得到了許可吧。」

「我知道的事可以向妳說明，如果是我不知道的事就沒辦法了。還有，我絕對不會做出任何冒險的事。」

「我明白了。快點帶我去葦土先生的研究室吧。」

琉璃跟著豬俣走進了上次去過的研究室。

「樣本太危險了，我可不想隨便碰。」琉璃沉吟著。「請讓我用一下電腦。」

「要有密碼才能啟動。」

「公司的電腦都有安全管制，以免被人用於私人用途。這間研究室的安管是誰負責的？」

「是有狩執行董事。」

「那就好辦了，快點請他解開電腦上的鎖吧。」

豬俣聯絡了有狩，立刻就開啟了電腦。

「這些資料夾放的是什麼？」

「公司專用軟體的檔案格式。」

「打開看看。」

畫面上出現了幾張圖表。

「你知道這些是什麼嗎？」

「完全不知道。」

琉璃從口袋裡拿出數位相機，對著螢幕上的圖表拍照。

「妳這樣我們會很困擾的。」

「沒關係啦，我不會洩漏給其他公司的。」

「可是妳沒有獲得拍照的許可。」

豬俣想要拿走她的相機。

琉璃毫不遲疑地打了他的鼻子。

豬俣按著鼻子蹲下。「快來人啊！」

琉璃趁著豬俣沒看到的時候，迅速地抽出相機裡的記憶卡，含在嘴裡。

「怎麼了?」幾個警衛衝了進來。
「對不起,因為他突然抓住我,我想要揮開他的手,結果手肘不小心撞到他了。」
琉璃舉起雙手。
「請拿走她的相機。」豬俣對警衛說道。
琉璃乖乖地把相機交給他們。
「刪除照片之後可以把相機還給我嗎?」琉璃在幾個警衛的包圍之下問道。
「不行,如果讓妳復原資料就糟糕了。這個相機必須沒收,我們會再送妳一臺同款的新相機。」
「這個型號很舊,市面上應該找不到了。」
「如果找不到,就換成具有上位相容性的新機種。」
「那我要最高級的喔。」

21

「妳在 Ultimate Medical 公司裡面動手打人？妳怎麼這麼亂來啊？」優斗愕然地說道。

這裡是琉璃的住所。優斗是第一次來，他興致盎然地看著貼滿整面牆壁的報章雜誌的報導、滿地的專業書籍，以及書上貼得滿滿的標籤和便條紙。

「多虧我打了人才能拿到這個。」琉璃拿出記憶卡說道。

「這是什麼？」

「葦土的實驗數據。」

「光看數據也不知道是什麼意思吧？」

「已經在專用軟體上分析過了。」琉璃把記憶卡插進電腦。

螢幕上出現了一些圖表。

「這是照片吧。」

「是啊，我直接拍下了畫面。」

「可是看這些也看不出什麼吧？」

「不，我看過這種圖表。」

「為什麼妳會知道？」

「我不是說過我父母以前在那間研究所工作嗎？軟體的基本格式和以前相差不大，所以我大概知道這些圖表的意義。」

「可是光看圖表也無法推測出實驗內容吧？這是第一次做的實驗，又沒東西可以比較。」

「不，我看過類似的資料。」

「為什麼妳會看過第一次做的實驗的資料？」

「這條線是表示殭屍化細胞的活性化程度，這條線是表示非殭屍化細胞的活動量。這兩個數據顯然成反比。」

「等一下，妳說的『殭屍化細胞』和『非殭屍化細胞』是在相同的個體內嗎？」

琉璃點頭。

「這麼說來，這個應該是……」優斗說不下去了。

「嗯，是半殭屍。」

「不是說葦土研究的是殭屍化反轉程序嗎？」

「我不知道他有沒有研究殭屍化反轉程序，但他絕對研究過半殭屍，這是錯不了的。」

「他為什麼隱瞞這麼重要的事？」

「因為這是公司機密，說不定他想要賣給其他公司。」

「原來如此。帶著這種技術去其他公司，一定能得到很高的職位和巨額的報酬。」

「這條線索非常重要。我本來以為這個研究在我父母失蹤後就中斷了，沒想到又被某人繼續研究。」

「這個『某人』的身分不是已經知道了嗎？」

「是誰？」

「就是葦士啊。」

「葦士只是研究團隊中的一人，除了他以外還有別人。」

「妳怎麼知道還有別人？」

「你覺得葦士是被誰殺死的，又是為什麼被殺的？」

「喔喔，妳是說他因為做了不該做的事，所以被共同研究者殺掉？」

「這樣想是最合理的。既然能製造出像藤倉那樣的半殭屍，就證明了那人或那個組織是葦士的共同研究者。」

「所以那人或那個組織想殺妳的理由是什麼？」

「一開始可能只是不想讓我繼續調查下去，但是他們發現我是半殭屍最早的研究者的女兒後，或許就多了個封口的目的。」

「可能還要再加上一個目的。」

「什麼意思？」

「妳不只是半殭屍研究者的女兒，妳本身就是半殭屍。」

「所以呢？」

「如果凶手想要獨占半殭屍的技術，那妳就是最礙事的人。」

「我又沒有製造半殭屍的技術。」

「或許調查妳的身體就能製造出半殭屍。」
「做得到嗎？」
「我也不知道，不過凶手可能會這樣想。」
「你是說凶手可能會綁架我，把我關在研究所裡當成實驗品？」
「或許吧，但是還有一個更簡單的方法。」優斗露出不安的表情。
「什麼方法？」
「讓妳變成完全的殭屍，也就是殺死妳。」
「這樣不會太冒險嗎？」
「這得看凶手覺得怎樣才叫冒險。現在凶手已經回不了頭了，心裡一定非常焦急，所以殺人的手法比一開始殺害葦土的方法粗糙許多。」
「等一下。」琉璃盤起雙臂。「我是半殭屍的事已經人盡皆知了嗎？」
「誰知道呢。這種事情沒必要到處講，但也沒人說過要保密。」
「知道我是半殭屍的有哪些人？」
「三膳刑警、有狩先生、瀧川麗美，醫院裡的人一定也都知道。此外，還有我。」
「我相信三膳刑警不會隨便洩漏調查內容，不過他告訴你這件事實在太不小心了。」
「因為我是妳的親友嘛。」
「醫院裡的人鐵定不會說出去。那麼，有狩和瀧川呢？」
「我也不確定，如果有人叫他們別說，應該就不會說了吧。」

「有人叫你不要說嗎？」

「可能沒有吧。」

「為什麼你不能確定？」

「因為我當時太驚慌了，就算聽到什麼也不記得了。」

「所以那兩人應該也是一樣的，他們可能沒被囑咐，或是雖然有囑咐卻不記得了。」

「這麼說來，凶手就很有可能知道妳的事了。」

「話說回來，你有把我的事情告訴過誰嗎？」

「啊？唔……我有說嗎……我應該不會說啦，但我也不敢保證自己絕對沒說過。」

「你的嘴巴真不牢靠。」

「哪有。如果要我保密，一開始就得說清楚嘛……」

「總而言之，現在不管誰知道我是半殭屍都不奇怪。」

「大概吧。」

「既然如此，那就沒時間再慢慢推理了。」

「早知道會這樣，妳應該要裝死才對。胸口被那麼大的碎片刺穿，所有人都會以為妳死了。」

琉璃頓時眼睛發亮。「對耶！」

「呃，現在想裝死也來不及了。」

「我又沒說我要裝死。」

「那妳剛才幹麼說『對耶』……」

「你這句話解開了謎題。」

「什麼謎題？」

「最初的謎題，殺死葦土先生的真凶。」

優斗愣愣地看著琉璃，突然喊道：「……咦⁉」

「你的反應還真遲鈍耶。」

「為什麼到了這種時候又提起那件事？」

「其實推理的線索早就齊全了，只是我一直沒注意到。」琉璃的眼睛閃閃發光。

「立刻聯絡三膳刑警，叫他把相關者聚集起來。我要在案發現場——有狩先生的宅邸——解開謎底。」

22

「這是妳的房間啊？」菟仲在房間裡到處張望，一邊對沙羅說道。

其實這是我們兩人的房間。琉璃心想。

沙羅說過要找機會把琉璃的事告訴菟仲，可是她直到今天似乎還沒找到機會。

「妳絕對不能被他發現喔。」沙羅說道。

怎麼可能嘛。琉璃心想。這樣實在太過分了。

「妳就躲起來靜靜地看著我們吧。」

琉璃以為自己聽錯了。

這太不合常理了。女孩子邀請男性來自己的房間只會有一個目的。就算琉璃再怎麼單純還是知道這一點。

可是沙羅竟然還叫琉璃躲起來靜靜地看著。

「等一下，這不可能的。」琉璃說道。「我絕對會受不了的。」

「妳果然還喜歡菟仲。」

「跟那個沒關係，我是說這樣太不合常理了。」

「常理？」

「在妹妹面前跟男友那個……」

「或許不會發生那種事。」

「我已經不是小孩了，我知道年輕男女單獨相處時會發生什麼事。」

「不是小孩……那妳敢抬頭挺胸地說自己是大人了嗎？」

「妳想說什麼？」

「剛才妳提到了『常理』，難道妳自己就符合『常理』嗎？」

「這……我的確不符合『常理』，但這又不是我自願的。」

「妳本來……不，我們本來就不符合『常理』，但這並不是我們自願的。」

「是啊。」

「既然如此，我應該有權利過得幸福吧？」

「這……」

「妳想說如果我有權利過得幸福，那妳也有權利過得幸福嗎？」

「……」

「這是沒道理的。妳自己應該也很清楚吧？」

琉璃掉下眼淚。

「我必須過得幸福，妳也必須把我的幸福當成妳的幸福。這樣很不公平，但這個世界本來就是不公平的，我們都是不公平的世界的犧牲者，而且妳的犧牲比我更大，可是我不能替妳承受這些，我能做的只有盡量讓自己幸福，而妳也只能把這樣當成自己的幸福。」

「妳怎麼可以擅作主張……」

「不然妳希望我和妳一樣不幸嗎？這樣妳就會覺得自己比較幸福嗎？」

「我沒有這樣說。」

「那妳想要我怎麼辦？妳想要怎麼做？」

我想要姊姊怎麼辦？我想要怎麼做？

琉璃從來沒想過這些事。

自從懂事以後，琉璃就知道自己跟別人不一樣。

但她並沒有意識到這代表著什麼。

她和姊姊很不一樣，她們和別人更不一樣。

一開始她只覺得是單純的差異，她沒有發現這樣是不幸的。

父母說過，妳們和別人不一樣。沒有其他的涵義，只是不一樣罷了。

用不了多久，琉璃就發現這只是溫柔的謊言。

父母苦思良久，決定不讓琉璃出現在人前，能公開露面的只有姊姊沙羅。

為什麼我得一直躲起來呢？

琉璃向父母問道。

如果哪天不用再躲起來就好了，但是妳現在必須躲起來。

要到哪一天我才不用再躲起來呢？

這個嘛，或許那一天很快就會到來了。

是明天嗎？到了明天我就不用再躲起來了嗎？

對不起，琉璃，爸爸媽媽也不知道。

就這樣，歲月漸漸流逝。

琉璃依然在躲藏，而且她也發現了不用再躲藏的日子可能永遠都不會到來。

不，不會的。只要我下定決心不再躲藏，我的人生一定可以改善。

有時琉璃會這樣想。她也知道，只要公開露面一次，就再也不能回頭了。

如果只是影響到我自己也就算了。我若公開露面，連沙羅的人生都會改變。

沙羅還有機會。不，這點還不確定，但她至少比我有希望。既然如此，為了比較有希望的沙羅著想，我還是繼續躲藏下去比較好。

琉璃的心情搖擺不定，她始終沒辦法拿定主意。

然後，那一天來了。

這天沙羅說，菀仲要來她的房間。她還說，今天父母都不在家，是個好機會。

「但是我在啊。」

「是啊，妳還在。不過妳一直都在，這也是沒辦法的。」

「沒辦法？」

「是啊，沒辦法。」

「妳希望我不在嗎？」

「當然，妳也不想要待在這裡吧？」

是的，我不想待在這裡，但我只能待在這裡。

「妳就待在這裡，但妳一定要藏好，絕對不能被發現。」

門鈴響了。

「他來了。拜託妳機伶一點，千萬不要曝光。」

「房間很亂，你嚇到了吧？」沙羅問道。

「不會啦，很乾淨啊。完全沒這回事。啊，我說沒這回事是指一點都不亂。」菟仲慌張地補充說道。

沙羅吃吃地笑了。

「對了，妳父母不在家嗎？」

「嗯，不在啊。我沒說過嗎？」

「妳沒說啊。不，妳可能有說，只是我沒聽見。」

「我父母不在有什麼不好的？」

「沒什麼不好啦，我只是有點緊張。」

「你要站在那裡多久啊？」沙羅坐在床上。

琉璃心想，她這些招式是從哪學來的啊？

不過仔細想想，就連琉璃也想得到這種招式，所以沙羅能想到也不奇怪。

「呃，我坐在桌邊好了。」菟仲想要走向桌子。

「那樣太遠了啦。」沙羅拉住菟仲的手。

菟仲踉蹌了一下，也在沙羅旁邊坐下。

琉璃判斷不出他是真的踉蹌還是假裝踉蹌，一方面也是因為從她躲藏的地方看不太清楚。

沙羅把手抽回時輕輕從菟仲的手上滑過，如同撫摸似的。

菟仲默默地注視著沙羅的動作。

兩人沉默不語。

就是現在嗎？他們要開始了嗎？琉璃如此想著。

「那個……妳父母幾點會回來？」菟仲按捺不住沉默，開口問道。

這麼一來又得從頭開始了。

琉璃的嘴角上揚。

「嗯？」菟仲說道。

「怎麼了？」沙羅說道。

「妳剛剛在笑嗎？」

琉璃不禁愕然。

不可能的。他不可能聽到我的聲音。

「我不知道，可能是無意識地笑了吧。怎麼了？」沙羅若無其事地按住我的臉。

這是在懲罰我嗎？我又沒有出聲。

「沒什麼啦，只是覺得好像有人在笑。」

「你聽到笑聲了嗎？」

「沒有，我不是聽到的，該說是第六感還是氣氛呢……」

「第六感？」

「沒什麼。對不起，我是不是嚇到妳了？」

「是啊，害我心裡覺得毛毛的。」沙羅抓住菟仲的手。

兩人的臉開始朝著對方貼近。

真討厭。

琉璃的心中充滿厭惡。

菟仲當著她的面對沙羅表現出一副痴迷的模樣，令她有些幻滅，但她隨即轉了個念頭，心想畢竟菟仲不知道她在這裡。

可能是剛才打破沉默時學到了教訓，現在他一直保持安靜。

兩人看著對方，臉慢慢地貼近。

琉璃咬緊牙關。

絕不能像剛才一樣被他發現異狀。

「嗯？」菟仲好像又感覺到什麼了。

沙羅摟住菟仲的頭，朝自己拉近。

兩人一起倒在床上。

琉璃看不見他們兩人的身影了。

她只能聽見交纏的聲音。

有東西碰到琉璃的臉，似乎是菟仲的手肘。

琉璃依然保持靜止。

沒事的。只要不亂動，應該不會被發現。手肘的觸感很遲鈍，摸不出形狀的。

沙羅和菀仲緩緩蠕動著。

琉璃雖然看不見，她猜想他們應該是在接吻。

琉璃能做的只有盡量別去想。她閉上眼睛，在腦海內放起喜歡的音樂，努力不去感覺那些聲音和動作。

「不行。」沙羅說道。

「對不起。」

「不是啦，我是說不要脫衣服。」

「可是如果不脫下來……」

「我身上有手術的傷痕。」

「對不起。我是不是問了不該問的？」

「沒關係，我才該道歉。」

在兩人的動作變快時，沙羅的身體突然僵住時，單調的動作又繼續進行時，動作平緩下來時，兩人呼呼喘氣時，琉璃都在騙自己什麼也沒察覺到。

但是回過神來，她已經淚流不止了。

琉璃把嘴脣咬得幾乎出血。

「妳好漂亮。」菀仲喃喃地說。

「真是太棒了。」沙羅陶醉地說。

幸福嗎？姊姊真的幸福嗎？讓妹妹看著自己跟心愛的男友發生關係真的幸福嗎？而且我還得把這種事當成自己的幸福？

「要吃點東西嗎？」沙羅一邊穿衣一邊起身。

「嗯，稍微吃一點吧。」

正要走出房間時，菀仲突然停下腳步。

「怎麼了？」沙羅問道。

「沒什麼。只是……」

「只是什麼？」

「我好像感覺到有人在哭……」

23

「到底有什麼事？」燦——葦土健介的遺孀——對三膳說道。「我真不想來這個地方。」

「很抱歉。」三膳說道。「因為八頭小姐有事要報告，所以我才請大家來一趟。」

「報告什麼？難道她查出殺害我先生的凶手了？」

「這個嘛，理由我也不太清楚。」

「啊？」燦明顯露出不悅的表情。「這是什麼意思？」

「我已經說過了，召集大家來這裡的是八頭小姐……」

「可是叫我們來這裡的是你啊。」豬俣說道。「我工作忙得很，因為是警察的要求我才會過來，結果你卻說不知道叫我們來這裡是為什麼？」

「這不是我的意思，我只是把八頭小姐的要求傳達給你們……」

「請等一下。」山中說道。「你是刑警吧？」

「是的。」

「警察通知我們過來，那不就是警察找我們來的嗎？」

「不，今天聚集在這裡不是為了警方的調查……」

「接到警察的通知當然非來不可，任何人都會這樣想吧？這是一般人的常識。」

「我今天並不是以警察的身分叫大家過來的。」

「真是莫名其妙。你是刑警，你叫我們出來如果沒先說不是為了查案，我們怎麼會知道啊？」

「不需要那麼嚴肅吧。」

「話說回來，為什麼刑警要聽區區一個偵探的使喚？」

「那個……因為她也是這案子的受害者，而且她說找到了關於凶手的重要線索……」

「所以這真的不是警方的調查囉？」

「不需要分得那麼清楚啦……」

「無所謂。」有狩說道。「是警察或偵探都不重要，反正只要能解決案件就好了。而且我也有其他的事想跟她談談。」

或許是因為有狩打了圓場，山中沒有再糾纏下去。

「為什麼要找我來呢？」衣笠良子說道。「我跟案件一點關係都沒有。」

「妳是以專家的身分被邀請來的。」

「她是誰啊？」瀧川麗美指著的人是石崎笑里。

「我叫笑里，是個食屍人。」

眾人開始竊竊私語。

「為什麼叫她來？」麗美問道。

「不知道，我才想問咧。」

「為什麼八頭小姐沒有來？」燦問道。

「我在這裡。」琉璃從門口走了進來。

優斗跟在她的身後。

「這位是？」有狩問道。

「我是她的助……」優斗開口解釋。

「這是我的親友。」琉璃如此宣告。

「喔，親友啊。」麗美笑了。

「所以呢？調查有什麼進展嗎？」

琉璃點頭。

「妳查到什麼了？」

「凶手的身分。」

「太厲害了！」有狩叫道。「沒想到這麼快就能破案。我得多給妳一些報酬才行。」

「那真是謝謝你了。」

「所以呢？凶手是誰？」

「我現在就會開始說明。」

「說明就不用了，直接說名字吧。」

「如果先說名字，可能會引起一些麻煩。」

「為什麼？」

「我得詳細解釋才行，如果先說名字，那人可能會阻撓我說明。其實就算被阻撓，也不會影響說明的正確性，我只是不想要浪費時間。」

「妳的意思是，凶手就在我們這群人之中？」

「就是這樣。」

在場所有人都互看著彼此。

「誰？是誰殺了我先生？」燦歇斯底里地叫道。

「我都說了等一下就會解釋嘛。」琉璃把問題堵了回去。

「既然知道凶手是誰，立刻把他抓起來不就好了？」有狩說道。

「如果我不先拿出證據，就沒辦法逮捕這個人。」

「有這麼錯綜複雜嗎？」

「說明過程很簡單，但是我得循序漸進地說，因為各位的知識水準參差不齊。」

「妳覺得自己是頭腦最好的一個嗎？」豬俁說道。

「我不是說智商，而是知識。至於你的問題，我的回答是『不知道』，我又沒調查過這裡每個人的智商。」

「總而言之，妳快點開始說明吧。」三膳乾咳了一聲。「想到凶手依然逍遙法外就讓人沒辦法安心。」

「好的。唔……首先我要介紹一個重要的概念：『半殭屍』。以前曾經有人研究過半殭屍，沒錯吧，衣笠女士？」

「是的，大約在十年前，這位八頭小姐的父母做過這種研究，還寫了幾篇論文，不過似乎沒有多大的成果。」

良子簡單解釋了何謂半殭屍。

除了研究人員和食屍人以外，每個人都聽得神色大變。

「研究那麼可怕的東西到底有什麼好處？」燦問道。

「這在醫療領域裡有很大的用途。殭屍器官可以代替活體器官和人工器官拿來移植。」

「可是，把死掉的器官放在人體裡實在是……」

「你們不也是每天都吃死掉的動植物嗎？」

「大家都吃這些東西，所以沒什麼好擔心的。」

「那你就放心吧，再過個十年，移植殭屍器官就會變得稀鬆平常了。」

「我們能不能回到主題？」麗美說道。

「我的父母研究過半殭屍。豬俣先生，你知道他們是在哪裡研究的嗎？」

「在我們的研究所。」

眾人的反應並沒有太吃驚。

「實驗的進展如何？」

「沒什麼亮眼的表現。他們做了大量的動物實驗，但很少成功造出半殭屍——部分活性化遺體，就算做到了，沒過多久就會變成完全的活性化遺體，半殭屍的狀態似乎很難長久維持。」

「有沒有成功的人體實驗案例？」

「妳是在說都市傳說嗎？」

「不，我想問的是事實。」

「據我所知，從來沒有過。連動物實驗都很難成功，怎麼可能做人體實驗？」

有狩和麗美都瞄了琉璃一眼。

「若是運用在人的身上，那會是怎樣的情況？」

「我想這是不可能的，不過如果有人發生意外受到致命傷，或許可以用這種方法來急救。不過我很懷疑，在那麼緊急的時候能不能弄到這些設備。」

「十二年前確實發生過這種意外事件。」琉璃說道。

「我沒有看過相關的紀錄。」

「只有極少數的人知道那件意外和急救的方法，而且我父母動完手術以後就被人殺死了。」

「我聽說過他們兩人失蹤的事。」

「他們給了我一句留言：『如果我們失去聯絡，就當作我們被殺死了。』」

「光靠這句話又不能證明他們真的被殺死了，說不定是騙人的。」

「你要這樣想是你的自由，但我很確定我父母是被殺死的。」

「妳有什麼證據嗎？」山中問道。

「有，不過有沒有證據又怎樣？」

「沒證據的話就不能當成凶殺案立案處理了。」

「喔喔，這個無所謂，我沒打算讓父母被殺的事立案調查，我的目的只是要揪出這次的凶手。」
「所以呢?妳叫我們出來是為了告訴我們這個都市傳說嗎?」燦問道。
「都市傳說?」
「是啊。妳又不能證明半殭屍真的存在,所以那只能算是都市傳說。」
「石崎小姐,由妳來說明吧。請告訴大家真的有半殭屍。」
笑里沉默了片刻,才緩緩地說道:「我們有敏銳的嗅覺可以找出殭屍。」
「因為殭屍都很臭吧。」有狩說道。
「殭屍的臭味是來自代謝排出的廢物,所以街上的流浪漢和討厭洗澡的人也會有類似的臭味,而收容所裡的殭屍會定期除臭,所以一點都不臭。」
「這個我當然知道,但你們吃的是野生殭屍。沒人會去幫野生殭屍除臭吧?」
「不知道為什麼,我經常碰到這種無臭的殭屍。」笑里繼續說道。「但我們連沒有臭味的殭屍也聞得出來。」
「殭屍有特別的味道嗎?」
「雖然我說『聞得出來』,其實並不是用聞的,那是一種很難用言語形容的感覺。」
「又是一件無法證明的事。不過光看動作也能分辨是不是殭屍吧。」
「我以前也這樣想,但是在我遇到外表完全像活人、卻擁有殭屍『臭味』的人以後,我就改變了想法。」
「那是你們的夥伴吧?」

「我就連現在都能聞到妳身上的殭屍臭味。」

「那是因為我沾到了殭屍的體液。」

「不只是沾到，還吃下去了吧。」

「是啊，我們知道自己很臭，但我剛才說過，那不是真正的臭味。」

「是是。所以妳是想說有殭屍臭味的人就是半殭屍？」

「你終於懂了。」

「等一下。你們怎能肯定那些人是半殭屍？說不定他們只是體質比較特別的人啊。」

「他們是半殭屍。」笑里還是面無表情地說道。「他們還有意識，即使在我吃掉他們的時候也是。」

「這個人承認自己殺了人耶。」麗美對三膳說道。

「咦？是這樣嗎？」

「我認為她是無罪的。」琉璃說道。「因為沒人想得到會有半殭屍這種東西。既然是無法想像的事，當然不能追究她的責任。」

「是這樣嗎？就算是千年才會發生一次的災害，不設法處理還是有罪的吧。」麗美說道。

「這是不同層面的事。既然說是千年才會發生一次的災害，那還是想像得到的事，只是機率太小，看似沒必要考慮，至於這個判斷是對是錯就先不討論了。但半殭屍完全是另一回事，沒有證據能顯示這種東西真的存在，所以她考慮這種可能性的機率是零。」

「這只是妳的看法吧。」

「是啊。在法院裁判之前是不會知道結果的，但又有誰會發起這種審判呢？」琉璃繼續說道。「連你們這些目前在場的人之中，也有人依然不相信半殭屍存在吧？」

「那是當然。」燦說道。「誰會隨隨便便就相信這種事啊。妳一定是因為調查遲遲沒有進展，才雇用這個女人來哄騙我們吧。」

「葦土太太，半殭屍的存在只不過是說明的前提條件。」琉璃說道。「關於半殭屍存在與否，我晚點再讓你們看看證據，現在能不能請妳暫時接受，讓我繼續把話說下去？」

「我頂多只能把半殭屍當作一種假設。」

「這樣就行了。那我接下來要說明葦土先生被殺的理由。葦土先生做過半殭屍的研究。」

「騙人，我從來沒聽說過這種事。」

「這是葦土先生的實驗資料。」琉璃拿出列印在紙上的資料。「內行人一看就知道這是半殭屍的實驗數據。」

「妳怎麼可以把這些資料拿出來!?」豬俁大叫著。「執行董事，這件事跟我無關，資料是她擅自拿走的！」

「讓我看一下。」良子接過紙張，認真地看著。

「不行啦！」豬俁慌張地說。

「如果這是真的，那就太有意思了。當然，只有數據還不足以當作證據。」良子說道。

「想要捏造數據簡單得很。」

「沒錯，所以請你們先假設這是真的，繼續聽下去吧。」

「無論妳做了再多假設，也沒辦法變成真相。」

「這個我知道。總之你們先聽下去吧。」

「那就請妳繼續說吧。」

「葦土先生在被殺的那一晚本來要發表半殭屍的研究成果。」

「這也是假設嗎？」山中問道。

「不，這點我等一下會解釋，我先整理一下事實。在派對進行時，葦土先生不見了，後來傳出慘叫聲，眾人前往他的休息室，但是敲了門也沒有回應，只能聽見殭屍無意識的動作發出的撞擊聲。到這裡為止都沒錯吧？」

三膳看著筆記。「沒錯。雖然少了很多細節……」

「細節就不必了。你們撬開門時，距離聽見慘叫聲已經過了多久？」

「大概一、兩分鐘吧。」有狩說道。

「葦土先生的情況如何？」

「他變成殭屍了。也就是說，他當時已經遭人殺害了。」

「這點很重要。三膳刑警，變成殭屍的葦土先生有什麼奇怪的地方嗎？」

「正如妳當時指出的，他的雙手都有嚴重的防衛傷。死因是喉嚨被割開以致失血過多，腹部雖然有槍傷，但是從出血的情況來看，應該是死後才中槍的。」

「是有狩執行董事開槍打的。」麗美說道。「包括我在內，在場有很多人都看到了。」

「我是確定了他已經變成殭屍才開槍的。」有狩說道。

「腹部的槍傷沒有任何問題。重點是喉嚨的割傷。」琉璃接著說道。「有可能的原因包括自殺、他殺、意外事故，警方的結論是什麼？」

「這一點還有爭議。」三膳回答。「當時那個房間是密室，門窗都從內側鎖上了，沒辦法從外面打開。」

「有可能是某種詭計嗎？」

「上鎖的地方沒有可疑之處，而且地板、牆壁、天花板也沒有機關。那是一間普通的密室，看起來不像是他殺。」

「所以是自殺或意外嗎？」

「若說那是自殺，八頭小姐發現的防衛傷就無法解釋了。驗屍的結果顯示他的雙手傷勢過重，不可能拿刀割斷自己的喉嚨。若說那是意外，同樣不該出現防衛傷，而且房間裡也找不到刀子。」

「有沒有可能是葦土先生先被凶手割喉，然後才自己把門鎖上？」

「從喉嚨上的傷口來看，他當時應該是瀕死狀態，而且他的手也受了重傷，不可能自己鎖上門窗，再說門窗上也沒有血跡。」

「聽了剛才這段話，大家會想到什麼關鍵字？」

沒有人發言。

「天曉得。」豬俣說道。「詭計殺人嗎？」

「太可惜了！還有嗎？」琉璃做出鼓勵大家舉手的動作，但是沒人有反應。

「大家都不知道嗎？那就竹下同學來回答吧。」

「怎麼會是我！」優斗嚇了一跳。「妳可沒跟我說過要做這種事。」

「我懶得等他們想出答案了。」

「我來回答的話，感覺就像是在演戲。」

「演戲就演戲，我只想快點說下去。」

「那就……密室殺人。」

「答對了！這是典型的密室殺人。」

「這種事不是打從一開始就知道了嗎？」燦說道。

「不，你們只是以為自己知道罷了。你們想一下事情發生的時間順序，就能看出案件的本質了。我可以繼續叫竹下回答，但老是讓同一個人回答太無趣了。三膳刑警，請回答。」

「啊？我嗎？呃……葦土先生進入休息室。葦土先生死亡。葦土先生變成殭屍。有狩先生和其他人撬開密室。殭屍逃走……像這樣嗎？」

「房間是什麼時候變成密室的？」

「這個……」

「怎麼了？」

「我不知道。或許是他死亡以前，或許是死亡以後。」

「是啊，沒人知道房間是什麼時候變成密室的，所以我們換個角度來思考，用房間變成密室的時間點做為基準吧。」

「什麼意思？」

「就是把事件發生順序改成這樣：①葦土先生進入休息室。②休息室變成密室。③密室被打開。④葦土先生中槍。⑤葦土先生逃走。⑥葦土先生被找到。」

「④和⑥有必要嗎？」

「有沒有必要晚點再討論。葦土先生死亡的時間點放在哪裡比較合理呢？」

「放在哪裡都不合理吧。不是①和②之間就是②和③之間，所以怎麼解釋都不對。」

「沒錯，都很不合理。這種時候該怎麼辦呢？」琉璃鼓勵眾人舉手回答。

房間裡一片沉寂。

「好，竹下同學。」

「又是我喔！」

「好啦，快回答吧。」

「我該照著妳的劇本回答嗎？」

「什麼劇本？」

「就是妳昨晚對我解釋過的劇本啊。」

琉璃乾咳了一聲。「反正你先回答啦。」

「可以用刪除法。把所有不可能的選項都刪除之後，剩下來的選項無論多麼匪夷所思，那就是正確答案。」

「沒錯。如果是『①和②之間』或『②和③之間』，那就得在密室裡殺人了，所以這兩個選項都不可能。」

「又沒有其他的可能性。」燦說道。

「真的嗎？我們照著時間順序來想想看。如果把葦土先生的死亡時間放在『①進入休息室』之前，這樣有可能嗎？」

「不可能的。」有狩說道。「他進房間時有很多人看到，沒有一個人覺得他是殭屍。此外，如果他進房間時已經是殭屍，那就不可能鎖門了。」

「是的，不可能在①之前。那麼『③密室被打開』和『④葦土先生中槍』的中間呢？」

「開門時他已經變成殭屍了，而且如果在那時殺人，在場的一大群人都會看見。」

琉璃點頭。「根據相同的理由，也不可能是在④和⑤之間。」

「這場鬧劇到底有什麼意義？」燦說道。「不管發生在哪個時間點，不可能就是不可能。」

「發生凶殺案是事實，所以絕非不可能。」琉璃不以為意地繼續說道。「那麼，他的死亡時間有可能是在⑥以後嗎？」

「我不知道妳到底想說什麼，他從被幾位警察發現到驗屍為止，一直都有人在旁邊盯著，所以那是不可能的……咦？好像還沒討論到⑤和⑥的中間……」

「所以用刪除法來看，葦土先生被殺害的時間必定是在『⑤葦土先生逃走』和『⑥葦土先生被找到』之間。」

「妳到底在說什麼？真是莫名其妙！」山中發出怒吼。「⑤和⑥之間只是還沒檢驗過罷了！這才不是刪除法，隨便挑哪一個時段都行吧！」

「你要這樣說的話，那我們就來檢驗一下發生在⑤和⑥之間的可能性。這段期間葦土先生不在密室裡，也沒有受到監視，所以認定他在這段期間被殺害並無矛盾……」

「等一下。葦土先生在⑤的時候已經死了，怎麼可能再被殺死一次？」豬俣說道。

「真的是這樣嗎？」琉璃盯著豬俣的眼睛。

「怎、怎樣啦？我做了什麼嗎？」

「你當時在現場嗎？」

「在啊。或許我很不起眼，但我確實在那裡。」

「你確認過葦土先生已經死亡了嗎？」

「警方的驗屍官應該確認過……」

「那是在⑥之後。我問你，你在葦土先生逃走之前確認過他已經死亡了嗎？」

「不只是我，所有目擊者可以確認這點。」

「用什麼方法確認的？」

「看就知道了啊，他的動作跟殭屍一樣。」

豬俣此時沒再堅持使用「活性化遺體」這個名詞，而是直接說出「殭屍」。

「也和酒醉的人一樣吧？」

「妳到底想說什麼？」

「我想說的是，光看動作無法判斷他是不是殭屍。」

「可是……對了，眼睛！」

「眼睛怎麼了？」

「當時葦土研究員的眼睛已經混濁了，那正是殭屍的特徵。」

除了琉璃和優斗以外，在場所有人都點頭了。

「那又怎樣？」

「還能怎樣……既然眼睛變得混濁，那就代表他是殭屍啊。」

琉璃按住自己的雙眼。「那你看到這個會怎麼想？」

琉璃把手從臉上移開。

她的眼睛是混濁的。

「哇！」豬俣嚇得往後仰。

「妳別惡作劇了。那是假扮殭屍用的隱形眼鏡吧？」麗美說道。

「這不重要。你們覺得我是殭屍嗎？」

「不覺得。」

「你們有證據能證明葦土先生不是戴著特殊隱形眼鏡假扮殭屍嗎？」

「驗屍官一檢查就知道了。」

「如果葦土先生在驗屍的時候已經變成真正的殭屍，就不需要戴隱形眼鏡了。」
「妳是說，凶手把葦土先生的隱形眼鏡摘掉了？」
「就是這樣。」
「這麼說來，凶手一定知道葦土研究員假扮殭屍的惡作劇囉？」
「我不確定葦土先生是不是打算惡作劇。」
「如果他真的假扮成殭屍，那當然是惡作劇。不然他還有什麼理由要假扮殭屍？」
「總之你承認他有可能是在假扮殭屍吧？」
「妳在說什麼傻話啊？那是絕對不可能的。」
「為什麼你可以這麼肯定？」
「山中，你來說吧。這實在太愚蠢了，我懶得繼續奉陪了。我可以走了嗎？」
「當然不行。我正準備指出凶手呢。」琉璃說道。
「八頭小姐，應該夠了吧？」山中說道。「妳的推論充滿了漏洞，妳該不會是打算拖延時間吧？」
「我的推論毫無破綻。為了讓你們理解，我會循序漸進地慢慢解釋。」
「可惜妳連這麼大的洞都看不見，讓我不得不懷疑妳的邏輯能力。」
「大洞？」
「這是比喻修辭，我說的是推論上的漏洞，同時也是指真正的洞。」
「你指的是什麼？」

「有狩執行董事朝葦土研究員開槍，把他的肚子射出一個洞，如果他當時還活著，那麼有狩執行董事就成了殺人凶手，所幸葦土研究員當時已經死了。啊，不好意思，葦土太太，我說『所幸』只是一種修辭的表現……總之，有狩執行董事是清白的。」

「你怎麼知道？」

「因為人死掉的時候會先倒下，最快也要等一分鐘才會變成殭屍。」

「說不定葦土先生腹部中槍也不會死。」

「妳是說葦土研究員可能穿了防彈背心，或是衣服底下藏了鏡子之類的嗎？很可惜，那一槍的威力非常大，他的身體被打穿一個洞，血肉都噴出來了，如果他當時還活著，中了這一槍鐵定會死的。」

「他沒死或許是因為其他的理由。」

「什麼理由？如果還有其他的可能性，妳現在就證明給我們看啊。」

「喔，好啊。」琉璃突然拉開胸前的衣服。

「哇！妳幹麼啦！」

在場的所有人都嚇壞了。

「你不是叫我現在證明給你們看嗎？」

「露出胸部算什麼證明？」

「你們看看這裡。」琉璃指著自己的胸口。

「我們都知道妳只是個普通的變態了，所以麻煩妳快停下來。」

「我不只是個普通的變態，我也不打算停下來。」

「不只是個普通的變態，難道是特殊的變態嗎？刑警先生，這個人公然猥褻，快把她抓起來吧。」

「這裡是室內，我不確定這樣算不算公然。」

「我要走了！」

「就叫你先看看這個嘛。」琉璃堅持地說道。

「我才沒有那種興趣……」

琉璃的胸口有一條像拉鍊般的東西。

「那是什麼？又是跟剛才那個隱形眼鏡類似的玩具嗎？」

「這不是玩具。」琉璃拉開了拉鍊。

琉璃的胸口朝兩邊大大地敞開，露出了胸腔，肋骨也跟著往兩旁分開，所以看得到心臟。心臟裝著某種裝置，正在規律地跳動，肺葉緩緩地重複著脹大縮小。

「這是魔術表演嗎？」山中說道。

「不，這是真的。」有狩說道。「可是為什麼要用拉鍊？」

「其實也可以用縫的，或是用黏著劑黏起來，但我覺得還是拉鍊最方便，就請醫生幫我裝上拉鍊了。」

「方便做什麼？」三膳問道。

「方便證明自己是半殭屍。」

「妳什麼時候需要證明自己是半殭屍了？」

「就是現在啊。」

「妳是殭屍嗎？」燦皺起了臉孔。

「這個問題很難回答，得先清楚地定義出殭屍才行。我也不確定半殭屍算不算殭屍。」琉璃敞著胸腔朝燦走去。

「好髒！」燦反射性地躲開。

「一點都不髒。已經做過殺菌處理了，而且表面覆有矽膠外膜，應該連異味都聞不到。」

「原來妳是半殭屍啊？」笑里舔著舌頭。

「啊，妳可別吃了我喔。」

「我不會吃熟人啦。」

「妳剛才明明舔了舌頭。」優斗說道。

「我才沒有……」笑里又舔了舌頭。「……我的確舔了。沒事的，這只是反射動作。不過，這麼一來我就知道為什麼我第一次見到妳時會把妳當成殭屍而攻擊了。」

「竟然委託這種怪物來查案……有狩先生，請你立刻撤銷委託！」

「為什麼？」有狩問道。

「因為她不正常啊！」

「妳不正常嗎？」有狩向琉璃問道。

「我不知道你們說的『正常』是什麼意思，所以我沒辦法回答。」

「有什麼關係嘛。」三膳說道。

「怎麼會沒關係！她根本不是人耶！」

「這年頭有很多人的身體裡裝著機械或豬內臟，所以就算她的身體有一部分是死的，也不能說她不是人。」

「我要走了！」

「要走了嗎？真可惜，就快要可以知道殺害葦土先生的凶手是誰了呢。」

燦停下了腳步。「真的嗎？」

「我正準備要說。」

「我本來也以為妳要說了，結果妳直到現在都還沒說，妳只給我們看了妳那詭異的身體。」

「我有什麼辦法？不管我再怎麼努力解釋半殭屍的存在，你們也不會相信，像這樣直接給你們看才有說服力。」

「我接受半殭屍是真實存在的了，所以妳到底想說什麼？」豬俣問道。

「我想說的是，這就是『葦土先生中槍之後沒有死』的理由。」

「喔？真有意思。」山中說道：「聽起來還挺合理的。」

「妳是說葦土研究員變成了半殭屍？這太荒唐了。」麗美說道。

「這個假設確實可以毫無矛盾地解釋一切……葦土太太，我能問妳一個問題嗎？」

「什麼事？」燦說道。

「妳先生最近有沒有什麼異常的舉動？」

「我先生本來就是個怪人，他吃飯時老是心不在焉，還會在茶裡加醬油……」

「我問的不是他的怪癖，而是他最近的變化。他是不是改變了某些習慣，或是身上多了某些異味？」

「他這幾年很少回家，幾乎都睡在研究室，所以我沒發現什麼異狀。但我注意到，他罹患多年的肝病似乎痊癒了。」

「這是怎麼回事？」

「他以前回到家都會抱怨肝臟的問題，但這半年來都沒再提過。」

「光看這一點也不能證明葦土研究員是半殭屍吧？」麗美說道。

「當然，葦土太太說的話只能當作間接證據。我的證明到此結束。」

「結束了？什麼意思？」

「如果葦土先生不是半殭屍，就沒辦法解釋密室殺人的詭計了。證明結束。」

「等一下，我完全跟不上妳的推論過程。」有狩說道。

「我已經解釋得這麼詳細，連胸部都給你們看了，你還是聽不懂？」

「妳倒是提醒了我。能不能請妳把胸部遮起來呢？大家已經相信半殭屍是實際存在的了。」三膳說道。

「好的。」琉璃拉起了拉鍊。

「不只是裡面，能不能請妳也遮住外面？」

「喔喔，也對。」琉璃扣起了衣服上的鈕釦。「所以你到底是哪裡聽不懂？」

「如果葦土是半殭屍，所有的情況都解釋得通，這部分我可以理解。但妳說葦土是半殭屍，這個想法太跳脫了，讓人很難接受。」有狩說道。
「我可以接受。」笑里說道。「不管再怎麼奇怪，既然只有這樣說得通，那就一定是事實。」
「妳只是個局外人。」有狩說道。「對我們這些認識葦土的人來說，要相信這點是很不容易的。再說，他為什麼會變成半殭屍？」
「很簡單啊，為了實驗。」
「妳是說，他把自己當成實驗品？」
「這對瘋狂科學家來說不是什麼奇怪的事，事實上我的父母就把我變成半殭屍了。」
「只是為了好奇心，就把女兒變成怪物？」麗美說道。
「這個嘛……」琉璃想了一下。「他們不是出自好奇心，而且我本來就是個怪物。」
「我不認為葦土的研究精神有這麼旺盛，真要說的話，他的意志還挺軟弱的。」
「既然他意志軟弱，被人強迫的時候一定很難拒絕吧？」
「妳、妳到底想說什麼？」
「我想說出凶手的名字，但是在那之前我得先解釋一些事。」琉璃接著說。「那我就來整理一下，如果我的假設為真，會發生什麼事。好，葦土先生一開始就是半殭屍，他身上殭屍化的部分至少包含了腹部。他若無其事地來參加派對，然後看準時機進入別人為他準備好的休息室……到這裡都沒問題吧？」

「嗯，妳的假設到這裡都沒有矛盾之處。」

「進入休息室之後，葦土先生就戴上了假扮殭屍用的特殊隱形眼鏡。」

「為什麼？」燦問道。

「理由等一下再解釋，我現在只是假設他戴上了特殊隱形眼鏡。」

「那就先這樣吧，等一下妳可要好好地解釋。」

「那副隱形眼鏡製作得非常精巧，在陰暗中完全看不出來是假的。」

「妳怎麼知道？這只是推測吧？」

「這不只是推測，事實上確實沒有人發現。」

「需要發現什麼？是妳自己隨便假設我先生是半殭屍的。」

「是啊，當然，我現在就是照著這個假設在推論……好，葦土先生扮裝成殭屍之後，從內側把門鎖上。」

「為什麼他要這樣做？」三膳問道。

「為了不讓別人隨便進入房間。啊，原因我晚點會再解釋。還有，各位，如果你們一直追問細節，我就永遠沒辦法講到兇手的名字了。」

「好吧。那就先等她說完吧。」有狩說道。「大家會這麼焦躁可能是因為太熱了，我調整一下空調，請等一下。」有狩操作起牆上的按鈕。

「然後，剛鎖好門時，葦土先生就發出慘叫。大家驚慌地聚集到休息室的門前，結果卻打不開門。這是理所當然的，因為門已經從裡面鎖上了。葦土先生故意模仿殭屍發出不規則的撞擊聲讓外面的人聽見，走廊上的人自然會猜想葦土先生出事了，最壞的結果就是他已經死了，而且還變成了殭屍，因此大家準備了撬門的工具和防身的武器。接著門被撬開了，假扮殭屍的葦土先生被當成了真正的殭屍，腹部中了一槍，因為葦土先生的腹部已經殭屍化了，所以沒有生命危險。然後他假裝在人們的驅趕之下逃出屋外。」

「我有很多地方想要吐槽，現在還不能問嗎？」山中說道。

「請再忍耐一下。」琉璃冷冷地說道。「之後眾人報了警，屋子裡亂成一團。當時葦土先生正在屋外和某人會合，那個人先讓葦土先生脫下西裝外套，再用刀子割斷他的喉嚨。可以想見，葦土先生手上的防衛傷也是那時造成的。葦土先生的喉嚨沒有變成殭屍，所以就這麼被殺死了，完全變成了殭屍，後來在路上徘徊時被警察發現並逮住。當然，那時他的全身都變成殭屍了，所以沒有留下他曾是半殭屍的證據。以上就是當晚的真實情況。」

「太奇怪了。」笑里說道。

「是啊，有很多小細節值得吐槽。」山中鬱悶難耐地說道。

「不，剛才那段話有個很大的疑點。」

「沒錯，妳說得對。」琉璃說道。

「搞什麼啊？妳是在跟我們玩遊戲嗎？」豬俣說道。

「遊戲？」

「妳剛才說沒有矛盾，現在又說有疑點，這不是在玩遊戲嗎？」

「不，那個『很大的疑點』正是關鍵所在。雖然可疑，但是沒有矛盾，因為只有一種解釋。」

「妳現在是在說什麼？」三膳說道。

「還是讓笑里來解釋吧，這樣會比較客觀。」

「石崎笑里小姐，到底有什麼疑點？」

「剛才那段話聽起來，好像是葦土先生為了某種目的而自導自演了密室殺人的戲碼。」

「他的動機確實很可疑。」山中說道。

「我說的不是動機啦。我又不認識葦土先生，怎麼會知道他的動機可不可疑？」

笑里有些顫抖。

「疑點不是動機，那又是什麼？」

「葦土先生自導自演之後，在別的地方被凶手殺掉了。是這樣吧？」

「嗯，是啊。」琉璃點頭。

「凶手一定知道葦土先生是在演戲，因為沒人會特地去殺殭屍。」

「你們食屍人不是會特地去殺殭屍嗎？」有狩說道。

「這個市鎮裡沒有食屍人，否則食屍人碰到他鐵定會吃了他……就像我做的一樣。」笑里明顯地顫抖著。「割斷殭屍的喉嚨根本沒有意義，沒有人會特地去做這種事的。凶手讓葦土先生脫下西裝外套，是為了避免在割喉的時候讓他的外套沾上血跡，因為他走出密室時外套上沒有血跡，要是後來出現血跡就沒辦法解釋了。可見凶手早就知道了一切，包括葦土先生自導自演的事。」

「所以凶手應該是葦土先生的熟人。」三膳說道。「光靠這條線索還是很難找出凶手的身分。」

「不，我說有『很大的疑點』並不是指這件事。」

「不然是什麼事？」

「當晚這裡發生了一件怪事，為了做到這件事，凶手必須待在這裡。」

「等一下，妳是說那一晚凶手在這裡？」

「這樣並沒有矛盾。」有狩說道。「從葦土逃走到他被帶回來的這段時間，幾乎所有人都沒有不在場證明。」

「這確實是個盲點。」三膳說道。「所以我們得從這個角度出發，再檢查一次當晚所有人的不在場證明……」

「檢查了也沒用。」琉璃說道。「凶手早就訂下周詳的計畫，頂多只會發現很多人都沒有不在場證明，無法把嫌疑的範圍縮得更小。」

「結果還是抓不出凶手嘛。」

「不，已經看得出凶手是誰了。」笑里說道。「真想快點離開這裡……」

「幹麼哭喪著臉，你們食屍人才可怕咧。」燦不悅地說道。

「可以確定凶手是誰了嗎？」三膳問道。

笑里點頭。

「是誰？」

笑里指著有狩。

「這根本是血口噴人。」有狩說道。

眾人慢慢地從有狩的身邊退開。

「妳又沒有證據。」有狩繼續說道。

「有狩先生，請你待在原地別動。」三膳說道。

「妳為什麼認為有狩先生是凶手？」

「有狩先生不是開槍射了葦土先生嗎？」笑里說道。

「對殭屍開槍又不算殺人罪。如果那個偵探說得沒錯，造成致命傷的並不是我那一發子彈，那我根本沒有罪。」有狩聲明自己的清白。

「葦土先生既然假扮殭屍，他一定早就知道自己可能會中槍。」琉璃說道。

「就是說啊。」

「然後，你就開槍射了葦土先生。」

「說什麼蠢話！就算葦土真的如妳所說是半殭屍，那我只是像葦土預料的一樣開槍射了他。」

「葦土先生不可能下這種賭注。」

「妳到底在說什麼？剛才妳明明說了葦土知道自己可能會被開槍射中不是嗎！」

「是啊，他知道自己可能會中槍，他也知道如果是沒有殭屍化的部位中槍，一定會造成致命傷。他的大腦一定還是活的，既然喉嚨上的傷口是死因，那喉嚨的部分想必也是活的，如果中槍的地方不是腹部，而是頭部或喉嚨，他說不定真的會死。可是葦土先生面對著槍口還敢繼續假扮殭屍，這是為什麼呢？」

「誰知道啊。」

「因為他知道會中槍的是腹部。也就是說，你對葦土先生的腹部開槍是你們事先說好的。」

「很有趣的想法。不過那又怎樣？即使妳的推論正確，那我也只是照著葦土的意思行動，我怎麼會是兇手呢？」

「因為這件事正是你的策略。你對葦土先生說『殭屍化的腹部中槍不會有生命危險』，要他配合演戲以製造你的不在場證明。」

「就算我真的和葦土事先說好要開槍射他的腹部，也不能證明我是兇手吧？」

「你的行動太不自然了。既然你知道葦土先生是半殭屍，為什麼在他逃走之後默許其他人報警？此外，你看到葦土先生被帶回來時已經變成殭屍也沒有表現出驚訝的反應。」琉璃指著有狩說。「這是為什麼？」

有狩沉默地瞪著琉璃。

「理由只有一個……」琉璃繼續說道。「因為你開槍射葦土先生是要製造自己的不在場證明。葦土先生腹部中槍之後還能繼續活動，大家就會以為他是殭屍，於是推論他是在休息室裡被殺死的，這樣你就有不在場證明了。但是你算錯了一件事，你沒有料到葦土先生會從內側鎖上窗戶，他這個舉動讓這件普通的兇殺案變成了密室殺人，警察和我因此起了疑心，所以這詭計才會被破解。」

現場一片沉默。

然後有狩爆出響亮的笑聲。「八頭偵探的想像力太豐富了。說葦土是半殭屍什麼的只是妳的妄想。至於密室殺人，其中一定有我們還沒發現的機關。葦土是在那個房間裡被殺的，這點絕對錯不了。那個……三膳刑警，我沒必要繼續陪你們演這場鬧劇，我要先走了。還有，八頭，我要取消和妳訂的契約。」

「請你再等一下。」三膳說道。

「怎麼？難道連你也懷疑我嗎？」

「請你先等她說明完畢。如果你是無辜的，等到那個時候再走也沒差吧？」

「我才沒有這麼多閒工夫。」

「再一分鐘就可以結束了。」琉璃說道。

「妳說什麼？」有狩瞪著琉璃。

「只剩一個關鍵點，那就是葦土先生的死亡時間。也就是說，他是在何時被割喉的。」

「是在我們撬開房門之前。妳到底要問多少次？」

「如果葦土先生在房門撬開時已經被割喉了，大家應該會看到血跡。」

「是啊，確實有血跡，我看到了。」

「除了你以外，沒有其他的目擊證詞。」

「因為他穿著西裝外套所以看不清楚。那是在他的喉嚨割斷後才被某人穿上的。」

「為什麼要做這種事？」

「誰知道，妳應該去問凶手。可能只是不想讓殺人的證據太快被發現吧。」

「不，衣服上若沒有血跡，就會和割喉致死的事實互相矛盾，這樣辦起事來比較方便。如果他走出密室時穿著外套，在割喉之前脫下外套，就能隨意編造外套沒沾上血跡的理由。」

「很遺憾，這只是妳的妄想。難不成妳從監視器裡看到事發經過了？」

「你當然不會犯下這種錯誤，但是你只顧著避開被監視器拍到的大錯，卻疏忽了其他小錯。」

「說清楚一點。」

「三膳刑警，警方還保存著葦土先生的西裝外套吧？」

「當然。」

「外側沒有沾上血跡並不會顯得不自然，如果內側沒有血跡，那就代表他被殺了之後從未穿過外套。」

「妳想說什麼？內側明明有血跡啊。」

「是啊，根據我的記憶，被子彈打穿的破洞周圍沾了血跡，但是葦土先生的襯衫全被血染紅了。如果在沾滿血的襯衫之外穿上西裝外套，外套的內側也會沾滿血跡，使得彈孔周圍的血跡變得不明顯。既然外套的內側沒有沾滿血跡，就表示他在被殺之後一次都沒穿過外套。也就是說，他離開密室逃走之時還是活著的。」

三膳拿出手機，正想打電話。

「別動。」有狩靜靜地說道。他握著一把手槍，槍口對準了三膳。「只差一點就成功了，都是妳這個笨女人害的。」

「我倒是覺得你比較笨。」琉璃說道。

「所以真的是你殺死了我先生？」燦說道。

「是啊，但我一點都不後悔。當然，我很同情葦土，但是我只能那樣做了。」有狩說道。

「因為那傢伙無論如何都要公開半殭屍研究成功的事，但我已經跟其他公司談好要把研究成果賣給他們，如果他發表了這個研究，交易就做不成了。」

「你只是因為這樣就殺死了我先生？」

「什麼叫做只是因為這樣！胡說什麼啊！如果拿到那筆錢，我這一輩子都不愁吃穿了！這對妳來說或許算不了什麼，但是這對我來說可是天大的事！為什麼妳連這麼簡單的事都不懂！」有狩激動地說道。「啊啊，是西裝外套啊。我疏忽了這一點。後續工作做得太輕率了，我會反省的。以後我得更小心別再犯這種錯誤。」

「你的罪行已經在這麼多人的面前被揭發了，你就別再掙扎了。」三膳試著勸說有狩。

「這麼多人？一、二、三、四、五、六、七、八、九。九個人嗎？還好我只需要處理這幾個人。」

「你是在說什麼？」

「我剛才不是說要調整空調嗎？」

「是啊，你確實說過這種話。不過我還是覺得很熱。」

「那是騙人的。」

「騙人？你幹麼撒這種謊？」

「我看出局勢不對，所以事先做了準備。我不只是勤奮，還很優秀，想要彌補這點小錯不算困難。」

「冷靜一點，你已經無路可逃了。」

「無路可逃的是你們。我已經把這間房子裡的每一扇門都鎖上了。」

「你能做到這種事啊？」琉璃睜大眼睛。

「我在案發之後就安裝了這個系統，是保全公司建議的。那件事是我策劃的，安裝這種東西根本沒有意義，但我覺得表現出更注重保全的樣子會比較自然，現在看來還真是做對了。」

「你把門鎖起來也沒有用。你想一直在這裡跟我們大眼瞪小眼嗎？」三膳說道。

「我才沒有那種打算。」有狩從口袋裡拿出一個金屬盒子。「這是炸彈，只要我按下按鈕，在場的所有人都得死。」

「少騙人了。」

「我騙你又有什麼好處？早在你通知大家聚集時我就想到最壞的結果了，所以事先做了準備。」

「如果炸彈爆炸，你自己也得死。」

「這張桌子是特別製作的，連炸彈都擋得住。我的辦公室也有一張相同的桌子，你還記得吧？」

「難怪當時你會躲到桌子後面。太卑鄙了。」

「我就當作你是在稱讚我吧。」

「不過如今這個情況你也無計可施，就算你躲在桌子後面丟出炸彈，還是會有死角，你不可能掌握我們這麼多人的行動。」

「我已經想出辦法了。瀧川、山中、豬俣，我任命你們三個人當我的助手。」

「說什麼蠢話？我為什麼要聽你的？」麗美說道。

「你們要是不聽話，我現在就按下按鈕。」

「現在按下按鈕你也得死喔。」

「要是現在被逮捕，我的人生就玩完了，所以我不在乎在這裡被炸死。你們要是不想跟著陪葬，就去桌子抽屜裡拿出手銬，把其他人的手銬在背後。」

「如果聽你的話，你就會放過我們嗎？」山中問道。

「是啊。你考慮一下吧。」

「才怪咧，你已經自暴自棄了，怎麼可能放過我們？」

「那你要不要試試看？」有狩把手指靠在按鈕上。「如果你們不聽話，全部的人就會立刻死光，如果你們聽話，至少還可以再活一陣子。如果再活一陣子，說不定會碰上什麼奇蹟似的好運而得救喔，譬如突然發生地震，天花板掉下來把我壓死，或是有個英雄破牆而入把你們救走。」

山中咬著嘴脣。「還是先照他的話去做吧，說不定銬住其他人的時候可以想出什麼好點子。」

「沒錯，他還挺聰明的。」有狩舉著炸彈讓所有人看見，一邊退向牆邊。槍口依然對準三膳。「你們別想躲到死角，只要有人消失在我的眼前，我就立刻按下按鈕。

好，瀧川，妳慢慢地從抽屜裡拿出手銬。」
麗美依言拿出了手銬。
「好，先把刑警的手銬在背後。慢慢來。」
她拿著手銬走到三膳背後。
「刑警先生，請你放下手機，把手舉起來，好嗎？」
「聽好了，我的腰間有槍。妳拿我的槍……」三膳一邊舉起手一邊對麗美說道。
「我要開槍囉！」有狩叫道。「別再說話了。我盡量不想用槍，因為開槍會留下彈孔或槍傷等證據，這麼一來我就不容易演出凶手自爆全員犧牲、只有我一人存活的戲碼了，不過我若真想找出合理的說詞也不是做不到，所以你要是敢再開口，我就立刻殺了你。」
三膳閉口不語。
麗美把三膳的手銬在背後。
「轉過去，讓我看到你的手。」
三膳照著做了。
「好，慢慢抽出那個男人腰間的手槍。如果妳敢玩花樣，我就把你們兩人一起殺了。」
麗美有些不得要領，最後總算是拔出手槍了。
「把槍放在地上，別把槍口對著我。」
麗美照他說的做了，有狩撿起手槍，把自己的槍放回口袋。

「用這把槍比較容易找理由，我只要說凶手趁著刑警不注意的時候搶走槍就好了。總之，能不開槍才是最好的。好啦，你們都站過去。」

九人集中到房間的角落。

「很好。你們三個分頭幫其他人戴上手銬，動作快一點，如果讓我發現誰故意拖拖拉拉的，我就先開槍打他。」

「我不要戴手銬。」琉璃說道。

「不行，每個人都要戴手銬。」

「一旦戴上手銬就完了，你一定會躲到桌子後面丟出炸彈，然後對警方說是我們其中一個人幹的。」

「妳猜對了，三流偵探。」

「所以我不要戴手銬。」

「如果妳不肯戴手銬，那妳立刻就得死。」

「反正只是差個兩、三分鐘吧？你如果開槍就很難解釋了，我寧可讓你頭痛一點。」

「既然妳這麼想死，我現在就成全妳。」有狩把槍口對準琉璃。

「妳在幹麼啊？這樣只會更刺激他。」三膳用幾乎難以聽聞的音量對琉璃說道。

「只能賭賭看了。」琉璃回答。

「刑警先生，我聽到了喔。我的耳朵很靈敏的。還有，如果你敢再隨便說話，我就開槍宰了你。喂，山中，給偵探戴上手銬。」

「我不要戴手銬。」琉璃再次說道。

「那就去死吧。」

「住手！」優斗衝過去擋在琉璃身前。

但是琉璃推開優斗，跑到他的前方。

優斗趴倒在地。

「妳以為我會打妳的身體嗎？」有狩咧嘴一笑。「不好意思，我要打穿妳的腦袋。」有狩舉起槍，扣下扳機。

琉璃的額頭出現了一個形狀不規則的大洞。

腦漿從後腦勺噴了出來。

她的頭蓋骨從眉毛上方朝兩旁裂開，像是一朵紅花。

琉璃往後倒下，壓在優斗身上。

優斗失聲驚叫。

24

「我說過了，不要把孩子帶到工作的地方。」八頭宏對妻子友惠抱怨，因為他拿著咖啡回到研究室就發現女兒們在這裡。

「可是現在都這麼晚了，附近又亂得很，總不能叫她們回去吧。」友惠解釋道。

「反正研究室今晚只有我們在，讓她們待在這裡應該無所謂吧。」

「這是越權行為，而且我們的研究是高度機密。」

「沒事的啦，別讓沙羅她們看到實驗內容就好了。」

「妳說得倒輕鬆。」

兩人在爭執時，沙羅到處參觀著實驗室。

「我才正在說咧……」宏不悅地說道。「不要隨便到處看。」

「有什麼關係？我又不會把看到的事情說出去。」

「我不是懷疑妳，但是這裡的資料相當危險，光是知道內容，妳就有可能受到危害。」

「爸爸，你們做的是這麼危險的實驗嗎？」

「實驗本身不危險，但是這個研究和全人類有關，如果運用在錯的地方會導致毀滅；如果運用得好，也可以帶來巨大的進步和繁榮。」

「你自己才是在洩漏機密咧。」

「這幾句話哪有什麼。但是……」宏看看四周。「我今天有一種不好的預感。」

「你在擔心什麼？」

「晚上只有我們在這裡可能不太好。話說她們到底是來幹麼的？」

「沙羅和琉璃吵架了。」

「她們不是一天到晚都在吵架嗎？」

「可是……那個……」

「什麼啊，把話說清楚啦。」

「有件事很難對你說出口。」

「她們不是已經對妳說了嗎？」

「對我也不容易說，但是至少比對你說容易。」

「什麼啊，我們家沒有需要隱瞞的事吧。」宏啜飲著咖啡。「雖然我們隱瞞了一件大事，但那是對外人隱瞞，對自己家人沒什麼好隱瞞的。」

「她們是在吵男朋友的事。」

宏噴出了咖啡。

「哎呀，髒死了。」

「誰的男朋友？」

「冷靜點，又不是說我有男朋友。」

「廢話。我是問那是她們兩人哪一個的男朋友。」

「這還用問嗎？當然是沙羅。」

「……我想也是。」宏說完之後才發覺失言。「不……我不是那個意思，琉璃。」

「不用在意啦，爸爸。」琉璃說道。「我本來就不可能談戀愛。」

「所以到底是什麼問題？」

「我明明在場，姊姊卻跟男朋友……做了……那種事……」

「什麼！這是怎麼回事，沙羅！」

「老公，冷靜點，我們本來還以為沙羅不可能談戀愛，現在應該要高興才對啊。」

「可是孩子們還未成年。」

「已經是大人了。」友惠說道。

「是嗎……」宏失落地垮下肩膀。「可是沙羅怎麼能如此任意妄為，竟然在妹妹面前……」

「那我該怎麼辦？」沙羅問道。「難道要我一輩子都不談戀愛嗎？」

「我又沒有這樣說。我只是叫妳稍微顧慮一下琉璃。」

「琉璃又沒辦法談戀愛。」

「就是因為這樣才……」

「爸爸只會說風涼話。」沙羅的眼中噙著淚水。「再這樣下去，連我都會一輩子談不了戀愛，更不用說結婚了。」

「那該怎麼辦呢？」

「為什麼要把我們生下來？」

「妳在說什麼？」

「是爸爸媽媽決定讓我們活下來的吧。」

「我們沒有選擇。」

「可是你們如果什麼都不做，我們就……」

「爸爸媽媽擁有讓妳們存活下來的技術，所以救了妳們的命。我們沒有做任何選擇，生命不是能選擇的事，也不該選擇。」

「就算不幸嗎？」

「不幸？」

「難道爸爸以為我們很幸福嗎？」

宏低下頭去，什麼話都說不出來。

清脆的聲音響起。友惠打了沙羅一個耳光。

「沙羅，快向爸爸道歉！」

「為什麼我要道歉？我才是受害者耶。」

「那我們該怎麼做呢？難道要把琉璃摘除嗎？」

「妳是認真的嗎？」沙羅說道。

「……不，我不是那個意思。」友惠顯得不知所措。

「沒關係，我不會在意的。」琉璃說道。

沙羅摸摸琉璃的額頭。「我們是一體的。妳就這樣想吧。只要這麼想，我的幸福就會成為妳的幸福。」

「沙羅，別再說了。」友惠說道。「妳想要折磨爸爸嗎？」

「哪有？我們才是一直在受折磨的人，我們被折磨了將近二十年，爸爸媽媽多少也該受點苦吧。」

「妳以為我們一點都不苦嗎？」

「夠了，別管我了。」沙羅從兩人的身邊跑開。

友惠本來想追她，卻被宏制止了。「讓她自己靜一靜吧。」

「可是那孩子誤會了。」

「我們幫不了她們，她們只能靠自己走出來。」

友惠沒有在聽宏說話，她注意到了警報裝置面板上的變化。

「有人入侵，警告燈亮了七個。」

「慢著，那為什麼警報器沒有響？」

「可能是電路被人切斷了。」

「自動報警功能呢？」

「要等檢查過後才知道，我猜多半也被切斷了。」

「好，我立刻報警。你們待在這個房間裡，絕對不要出去……」

突然傳來沙沙的摩擦聲。

兩人轉頭望去。

一個近似手機大小的物體從地板上滑過來。大概是從門縫下面丟進來的。

「危險！快逃！」宏對沙羅叫道。

沙羅全身僵硬。

宏和友惠想要跑向沙羅。

沙羅用雙手護住腹部，蹲在地上。

一道強光閃過。

沒有煙，也沒有火，聲音也很小。

「沒有爆炸。」宏吐出了安心的發言。

但沙羅卻倒在地上，胸口和背後冒出大量鮮血。

沙羅睜大眼睛看著他們兩人。

「沒事的，只是擦傷。」宏撲在沙羅身邊，握住她的手。

「琉璃沒事吧？」

琉璃閉著眼睛，不過沒有外傷。

「她昏過去了，但是應該沒事。」

「快救救琉璃。」

「喔喔，這是當然的。」

「如果只能救一人，你們要救琉璃。」

「妳在說什麼啊？」

不可能只救一人的。宏心想沙羅大概是意識不清了。

「琉璃是靠著我而活到現在的，所以這條命就給她吧。我為了不讓琉璃難過，一直努力地想把她的心凍結起來，結果卻做不到，琉璃的心還是一樣溫熱。我只希望她能幸福。答應我。」

總之先讓她放心吧。

「好，我知道了。我答應妳。救護車就快來了，妳要撐住。」

「謝謝……」沙羅還睜著眼睛，但已經不動了。

「沙羅！」宏拍打沙羅的臉。

沒有反應。

宏趴下去聽她的心跳，友惠也同時檢查她的呼吸和脖子的脈搏。

「心肺功能停止了。琉璃的情況如何？」

「我去拿AED。」友惠跑了出去。

放炸彈的人可能還在附近，但現在已經沒時間擔心這點了。

宏幫沙羅做心臟按摩。

沒有反應。

友惠帶著AED回來了。

幫沙羅脫下衣服後，他們才發現她的心臟附近有一個被刺穿的傷口。

「這個……」

「心臟可能被刺穿了。如果不先堵起傷口，就算心臟還能跳，也會失血過多。」

「沒時間做心臟手術了，心肺功能已經停止兩分鐘了。」宏組裝起AED。「妳退開。」

沙羅的身體猛然一顫。

「不行，還是不動。」

「再試一次。」

沙羅的身體再次跳起，但心臟還是沒動。

「得先確認心臟的情況。」

「也好，切開吧。」

友惠從放置實驗器材的地方拿來了手術刀，一口氣劃開沙羅的胸口。

「心臟損傷嚴重。」友惠以醫用U型釘幫她縫合傷口。「把AED的貼片貼在心臟上。」

沙羅的身體再次跳起。

「不行，還是不動。已經過了三分鐘。」

「既然如此，只能讓她部分活性化了。」

「你是要讓孩子們變成殭屍嗎？」

「正好相反，這是為了不讓她們變成殭屍。」

「可是還沒有人體實驗成功的案例。」

「沒時間慢慢想了。如果什麼都不做，她們再過幾分鐘就會死了。」

「好吧。先送進手術室。」

「沒時間了。就在這裡處理。」

「在地上？」

「對，就在地上。沒時間殺菌了，工具用水洗一洗就好……不，不用洗了。」

「先處理血管。大動脈和大靜脈沒有和心肌直接連結，可以晚點再弄，問題是冠狀動脈和冠狀靜脈。和大動脈、大靜脈之間得先插進過濾器，避免殭屍化。」

「來不及插入過濾器了，還是直接切斷吧，在大動脈和大靜脈那一邊用U型針止血。等部分活性化成功之後再縫合也不遲。」

「會不會太草率了？」

「現在分秒必爭。」

宏沒有洗手也沒消毒就直接動手。他用手撈出胸腔內的積血，灑在地上。他額頭的汗水滴在裸露的心臟上，但他根本無暇在意。

「血管的應急處置完成了。」

「接下來要提升患部的殭屍病毒濃度，但這個步驟就省略吧，時間已經不夠了。」

「隨便省略步驟真的可以嗎？」

「人體裡面本來就有不少殭屍病毒。雖然會降低成功機率，但現在也只能這樣了。」

「了解。然後是讓組織壞死。」

「那麼，先把免疫停止劑注入肌肉組織。」

「從哪裡打比較好？」

「沒時間討論了。盡量均勻地注入五、六管吧。」

「好，做完了。」

「把電極拿過來。」

宏直接把電極接在心臟上。「心肺停止幾分鐘了？」

「五分鐘。」

「不妙了。」

「立刻電擊吧。」

「電流一百毫安可以嗎？」

「不知道。你決定吧。」

宏有些猶豫，如果電流太弱就不能造成組織壞死，無法引起殭屍化，心肺功能如果沒有復甦，就會導致無法挽救的腦死。如果電流太強損壞了細胞，也無法引發殭屍化。

當他正在猶豫，時間依然一點一滴地流逝。

「一百毫安應該沒問題。」宏像是在說服自己，同時按下了開關。

如同噪音的低沉聲音傳出，冒出一縷蒸氣。

電流太強了嗎？

「生命跡象如何？」宏問道。

「沒有變化。」

失敗了嗎？

不，冷靜點。可能是哪個地方錯了。只能從頭再來一次。

混帳！如果現在重來，就算心臟開始跳動，腦死恐怕是無法避免了。

宏用滿是鮮血的手抓抓腦袋。

「老公，冷靜點。」友惠說道。

「唉，本來就只是賭賭看，我知道不一定有用，但我不可能簡簡單單地就看開了。」

「不是啦。」友惠搖搖宏的肩膀。「開始動了。」

「咦？」

「雖然跳得很慢，但心臟已經開始跳了。血液也開始流動了，正在輸送到全身的組織。」

「肺的情況如何？有呼吸嗎？」

「沒有。我來做人工呼吸。」友惠開始做人工呼吸。

因為胸腔還是打開的，用肉眼就可以看到肺葉在每次吹進空氣時規律地膨脹。

友惠停止人工呼吸，觀察著沙羅的情況。

「沒有自發呼吸的徵兆。」宏說道。「但是心臟已經開始跳了，接上人工呼吸器應該就能保住命了。」

「等一下。」友惠指著沙羅的肺下方。「橫膈膜是不是有輕微的抽搐？」

「不要慌。如果有生命跡象，生理監測儀應該觀測得到。」宏盯著儀器上的數值。

沙羅咳了一下。雖然很輕、很小聲，但她確實咳嗽了。

沙羅繼續咳了幾下，噴出一些血沫。

「肺開始動了。雖然很微弱，但她開始自發呼吸了。」

「沙羅？沒事吧？」宏叫著她。

既然她能呼吸，就表示腦幹還活著，那麼大腦皮質可能也還活著。

「雖然有呼吸，但是叫她卻沒有反應。」

「沙羅還活著，繼續叫吧。」

「沙羅！沙羅！」兩人不停地叫喊。

宏發現沙羅的眼睛不知何時閉了起來。如果是因反射動作而閉上的，那就是好兆頭了。

友惠翻開沙羅的眼皮，觀察她的瞳孔。

友惠發出慘叫。

沙羅的眼睛變得混濁了。

「怎麼會……血液明明開始輸送了……」宏確認著儀器。

「她變成殭屍了嗎？」

「不，不對。」宏看著儀器上的數值說道。「不是全身，只有一部分變成殭屍。」

「我們怎麼了？」琉璃說道。

「琉璃！妳醒了！」

「怎麼回事！」友惠大叫。「竟然有這種事！」

「炸彈的碎片刺進妳們的胸口了。」宏說道。

「我們活下來了？」琉璃問道。

「該怎麼說呢……」

「姊姊呢？姊姊怎麼了？」

「沙羅……還沒恢復意識。」
「姊姊沒事吧？」
「我也不確定……」
「沙羅大概是不行了。」友惠說道。「眼睛已經變混濁了。」
「姊姊變成殭屍了？」琉璃的臉因恐懼而扭曲。
「該怎麼說呢，這情況太離奇了。心肺功能已經停止了將近十分鐘，就算腦死也不奇怪。雖然能自發呼吸，但不確定是因為腦幹活著，還是因為那些部分已經殭屍化了。」
「如果大腦完全地殭屍化了，應該會出現殭屍的行動。可能是因為大腦已死，但免疫系統還在運作，所以抑制了大腦的殭屍化。」
「也就是變成了半殭屍？」友惠問道。
「沒錯。」
「半殭屍不是無法長久維持嗎？」
「先前的實驗結果確實都是如此。」
「那我們都沒救了吧。」琉璃閉上眼睛。
「不，我會救妳的，我已經答應沙羅了。」
「答應姊姊？」
這條命就給她吧。我只希望她能幸福。
「沙羅說，要以保住妳的命為優先。」

「騙人。」

「我沒有騙人。」

「我也聽到了。」友惠說道。

「可是姊姊一向只在乎自己的幸福，她從來不顧慮我。」

「因為她沒有其他方法。」友惠說道。「她只能裝出幸福的樣子。就算只是做做樣子，只要她幸福，就可以保護妳。」

「我沒辦法相信。」

「沙羅和妳是一體的，所以沙羅無法獨自過得幸福。她不可能永遠對男朋友或丈夫隱瞞妳的事，到時她不可能不受傷。可是沙羅還是願意承擔受傷的危險，因為她希望妳也能幸福，就算那只是一種錯覺。如果她不這樣做，妳們姊妹就只能一輩子互舔傷口了。」

「騙人。」琉璃的眼中流出淚水。

「我必須過得幸福，妳也必須把我的幸福當成妳的幸福。」

「我們都是不公平的世界的犧牲者。」

「可是我不能替妳承受這些，我能做的只有盡量讓自己幸福，而妳也只能把這樣當成自己的幸福。」

姊姊一直在扮演壞人。為了讓我擺脫最壞的處境，她一直在扮演一個只在乎自己幸福的壞人。如果她不這麼做，我就會永遠自責下去，覺得是自己害姊姊變得不幸。因為只要把我當成腫瘤割除，姊姊就能過著正常的人生。

但是姊姊卻拒絕了那個選擇，她決定和我這個妹妹共用一個身體、共享一人份的幸福。她裝出一副活得很好的樣子，讓我以為自己沒有造成她的負擔。姊姊想都沒想過要把我切除。

「姊姊……」琉璃呼喚著沙羅。

「現在就把沙羅……把琉璃送到醫院。不用擔心，那裡的院長是我的老朋友，他會幫忙保守祕密的。妳們生下來時也是在那間醫院……」

25

「混帳！我要殺了你！」優斗大吼著。

有狩的槍指向優斗。

下一秒鐘，三膳衝向優斗，一頭把他撞開。

優斗倒在地上，可能是腦震盪了，掙扎了半天都爬不起來。

「別開槍，這傢伙已經動不了了。」

「唔……」有狩思索著。「開槍或不開槍，哪一種比較好解釋呢？」

「如果所有人都被銬起來就不容易解釋了，還是安排女偵探來演凶手吧，說她是在被這個男人開槍射殺時按下了炸彈的按鈕，這樣更妥當。」

「這個情節的確比較合理。那我就採用你的提議吧。」

「三膳，別隨便亂說……」優斗喃喃說道。

「別急著送死，不到最後一刻千萬別放棄，等著那傢伙露出破綻吧。」三膳在優斗的耳邊輕聲說道。

除了被有狩選為助手的三人和優斗之外的所有人都被銬了起來。

「豬俣，你把山中和瀧川銬起來。」

這兩人也被銬上以後，有狩叫豬俣走近，親自把他銬上。

「等一下，我得稍微調整一下桌子，要移動到一個我可以很自然地碰巧躲進去的位置才行。」

有狩把桌子推到距離人質不近也不遠的位置。

「唔……接下來只要引爆炸彈就好了。不過太心急容易出錯，我得再檢查一下有沒有疏忽之處。」有狩裝模作樣地盤起雙臂。「對了，偵探的屍體如果在我背後就太不自然了，還是搬到桌子前吧。」他轉頭往後看。

在他的後方，腦袋迸裂、血流如注的琉璃已經站起來了。

「哇！」有狩嚇得一屁股跌坐在地上。

琉璃走近有狩，對著他的下巴一腳踢去。

炸彈脫離了有狩的手，在地面滑開。

下一秒鐘，優斗衝過來搶走有狩手上的槍，接著扭過他的手腕，用全身力量壓下去。

有狩發出慘叫。

「什麼嘛，原來你還能動啊？」

所有人的目光都集中在琉璃的身上。

「因為三膳刑警的頭錘太弱了。」優斗呆滯地回答。

「才不是咧。」三膳回過神來，出言反駁。「我是故意撞得比較輕啦。我還以為你也知道，才故意裝作受傷的樣子。」

「我假裝不能動是為了等待機會。妳才讓我吃驚咧。」優斗說道。「為了演這齣戲，竟然冒了這麼大的危險。」

「這是怎麼回事？」被優斗按住的有狩問道。「就算妳變成了殭屍，大腦損壞以後也不能動了吧？」

「我沒有變成殭屍。還有，我的大腦本來就是死的。」琉璃指著自己的頭。

「妳的大腦是死的？也就是說，妳已經是完全的殭屍了？不，妳剛才說妳沒有變成殭屍，那麼這又是怎麼回事？妳不只是普通的半殭屍嗎？妳到底是什麼玩意兒？」

「我是八頭琉璃，但是戶籍上沒有我這個人，擁有戶籍的是我已故的姊姊——八頭沙羅。」

「我一點都聽不懂妳在說什麼。這跟妳死掉的姊姊有什麼關係？」

「關係可大著呢。這個身體本來是屬於我姊姊沙羅的。」

開始彼此鬆綁的每一個人都看著琉璃。

「意思是妳們兩人共用一個身體嗎？」麗美問道。

「嗯，大致上就是這樣。」

「什麼？這是多重人格的意思嗎？」燦說道。「多重人格的人就算大腦中槍也不會有事嗎？」

「多重人格？以一個身體裡面有好幾個人格這點來看，我們或許也算是多重人格吧。」

「為什麼妳的大腦被打中了還能沒事？」山中問道。

「怎麼可能沒事？流了這麼多血，說不定會有生命危險耶。」琉璃坐了下來。

「我不是說那個啦，我是在問妳，為什麼沒有大腦還是可以說話和行動？」

「喔喔，你想知道我為什麼可以說話行動啊？答案很簡單，因為我還有另一個大腦。」

在場所有人都聽不懂琉璃這句話的意思，沉默在眾人之間蔓延。

「好吧，正所謂百聞不如一見。」琉璃開始脫衣服。

「我們已經看過妳胸前的拉鍊了。」三膳說道。

「不是啦，我現在要讓你們看的是更下面的地方。」

「妳要脫褲子嗎？」

「還不至於啦，你放心。」琉璃丟下衣服。「我之所以一年到頭都穿這麼暴露的衣服，理由就是這個。因為如果包得太緊，我就看不到外面的情況了。」

琉璃的腹部有個東西。

那東西似乎是巨大的疤痕，仔細一看，卻像是一張扭曲的暗紅人臉。要說那是人臉，卻左右不對稱，右眼幾乎消失，嘴巴歪斜潰爛，鼻子凹癟，僅有的一個鼻孔可以清楚看到鼻腔內側。

「人面瘡？」豬俣喃喃說道。

「不對，這不是那麼靈異的東西啦。」琉璃說話時，她腹部那張人臉的嘴脣也在動。

「所以這到底是什麼？」山中睜大了眼睛。

「你們知道連體雙胞胎嗎？」琉璃說道，那張像人臉的東西也在動。

「是身體有一部分相連的雙胞胎吧。」

「對，我們就是非常不平衡的連體雙胞胎，一個幾乎完全被另一個吸收。嚴格來說應該不是連體雙胞胎，而是該稱為寄生雙胞胎或畸胎瘤。」

「以現代醫學應該能輕易地切除吧。」

「是啊，但是我的父母沒有把我切除，因為我還有大腦。」琉璃摸著腹部的那張人臉。「八頭琉璃是寄生的那一個。」

26

「到底發生了什麼事？」和八頭夫婦熟識的醫生一条隆瞪大眼睛，看著被送進來的沙羅／琉璃。

「被炸彈炸傷，心臟受損。」宏答道。

「這個我也看得出來，可是她的心臟為什麼還在動？她變成殭屍了嗎？」

「心臟是這樣沒錯。」

「心臟是這樣？你說得好像她只有心臟變成殭屍……難道……」

「嗯，正是如此。」

「你在自己女兒的身上做了人體實驗？」

「是的。」友惠說道。「如果不這樣做，這孩子的命就保不住了。」

「就算是這樣，有些事還是不該做的。」

「如果換成是你，你能眼睜睜地看著自己的女兒死去嗎？而且你明明擁有能拯救她的技術。」

「這真的是在拯救她嗎？」

「是啊，我是這麼想的。」宏說道。

「你們在十幾年前也說過一樣的話。」

「我沒辦法把擁有大腦、拚命想要活下去的東西當成腫瘤。她也是我們的女兒。」一条用儀器確認沙羅／琉璃的情況。

「心臟還在跳，但這不是活體的動作。其他器官雖然也有損傷，但還能正常運作。看起來確實是部分殭屍化。」

「現在還不穩定，不過應該有辦法穩定下來。你能不能幫忙呢？」宏說道。

「很遺憾，我沒辦法回應你的期待。」一条說道。

「為什麼？」

「你女兒已經死了，腦幹的部分勉強還能維持機能，但大腦已經沒有活動了，一定是缺氧太久，大部分的腦細胞都死了。因為肉體還活著，所以沒有變成殭屍，但她已經是腦死狀態了。當然，如果你們希望她的肉體能維持這種狀態活下去還是做得到，但我不建議你們這麼做，因為這樣只是在浪費醫療資源，還會對你們的精神和經濟造成長期負擔，實在是太殘酷了，所以我認為應該結束這一切。就算不能保住她的生命，還是可以用她的器官去拯救其他人的生命。」

「她還活著。」

「腦死了就等於人死了，沙羅不可能再活過來了。」

「我說的不是沙羅，而是琉璃。這個身體也是琉璃的。」

「你說什麼？」一条把臉湊近琉璃。「琉璃，你認得我嗎？」

「是的，一条先生。」琉璃答道。

「她在說什麼？」一条問道。

琉璃說話時不會發出聲音。雖然她有聲帶，可是沒有和呼吸道相連，所以發不出聲音。不過父母和沙羅還是可以藉著她嘴唇的動作而「聽見」她的聲音。

「她在叫你的名字。」宏答道。

「等一下。」一条做了深呼吸。「我得冷靜地做出判斷。」

「我們也希望這樣。」

「沙羅已經死了，你們能接受這個事實嗎？」

「當然。那也是沒辦法的事。」

「我們已經盡力了，所以我們不後悔。」友惠說道。

「這個身體是沙羅的。」一条說道。

「我不同意。」宏說道。

「這個身體屬於沙羅，同時也屬於琉璃。」

「沙羅和琉璃的關係很不平衡，根本不能說是連體雙胞胎。」

「這跟平不平衡沒關係，琉璃也有大腦和心臟。」

「擁有戶籍的只有沙羅。」

「這跟戶籍沒關係，琉璃也有大腦和心臟。」

一条又做了一次深呼吸。

「我的確沒有證據斷定她不是人。」

「琉璃是人啊。」

「但她只是寄生在沙羅的身上。」

「你要我說多少次？琉璃不是寄生在沙羅的身上，這身體也是屬於琉璃的。」

「如今還在這個身體裡運作的大腦只有一個，身體屬於誰已經很清楚了。」宏說道。

「好吧，我接受你的論點。」一条屈服了。「那你現在想要怎麼做？以法律來看，這身體是沒有殭屍化的屍體，你要讓琉璃永遠寄生在這個屍體上嗎？」

「我希望你聽清楚我接下來說的話。」宏說道。「我們需要你這位再生醫療翹楚的協助。」

「你們想要繼續把自己的女兒當作實驗品嗎？」

「我們不打算公開女兒們的事，這不是為了得到名聲或滿足科學上的好奇心，而是為了拯救琉璃。」

「你究竟想做什麼？」

「我們要為她動心臟手術。隔著過濾器連接冠狀動脈和大動脈，然後持續給予心臟動力，還要加上心律調整器來加速心臟動作，這樣她就能維持日常活動了。」

「日常活動？她已經不能動了。」

「在此期間，我們希望你利用她的身體細胞來製作iPS細胞（註2），還有幫她打造神經纖維。」宏沒有回答一条的問題，繼續說了下去。

「神經系統看起來沒有受損啊。」

註2 誘導性多功能幹細胞。

「不是要修復神經系統，而是要建立新的神經系統。琉璃的大腦在脊椎的內側，所以只要用一條矽膠管沿著脊椎連接到頸椎附近就行了。」

一条呆若木雞，彷彿沒有聽懂宏說的話，等他理解之後才大喊出聲。「怎麼可能做得到這種事啊！」

「不，做得到。琉璃和沙羅的細胞是相同的，不會引起排斥反應。」

「你們是要讓琉璃占用沙羅的身體嗎？」

「你說過沙羅已經死了。」

「是啊。」

「你也說過這個身體可以用來拯救其他生命。」

「是啊。」

「琉璃就是其他生命。」

「從來沒有人做過這種手術。」

「當然，而且今後想必也不會有。除了她們以外，我從沒聽過這種病例。」

「你們是叫我當弗蘭肯斯坦博士嗎？」

「琉璃不是怪物。她因為姊姊的死才能得到身體。這是沙羅給她的最後禮物。」

一条閉上眼睛，做了第三次深呼吸。

他再次睜開眼睛時，已經做出了決定。

「就這樣，我得到了這副身體。」琉璃在病房裡說道。「在那之前我只有一張臉，所以我花了一年以上的時間才學會了控制全身。」

「老實說，我本來覺得出生將近二十年都沒有身體的她，是不可能操縱這個身體的。」一条說道。「但她真的做到了，十五個月以後她甚至可以跑步。」

「我的父母就是在那陣子失蹤的，而且大量的研究資料也跟著他們一起消失了。」琉璃說道。「我雖然沒有戶籍，但我一點都不擔心，因為我可以繼續使用沙羅的戶籍。我也不怕遇到沙羅的朋友，因為我一直和沙羅一起生活，她的事情我全都知道。」

「偽裝用的隱形眼鏡是我做的。和一般的偽裝隱形眼鏡相反，那是為了讓殭屍的眼睛看起來像活人一樣。」一条說道。

「原來妳當時不是戴上隱形眼鏡，而是摘掉啊。」優斗佩服地說道。「不過妳從一開始就懷疑有狩了嗎？」

「我不確定凶手是他，只知道有人偷走了我父母的研究，而且我直覺認為他們都被殺了。半殭屍的研究會帶來巨大的利益，對良心薄弱的人來說，兩條人命和這個金額相比根本算不了什麼。我覺得凶手很可能是 Ultimate Medical 公司的職員，因為那裡的人最清楚我父母在研究什麼，還可以用相同的設備輕易地重現實驗結果。凶手或許考慮到我父母剛失蹤就發表研究成果會令人起疑，所以要等到事情沉澱下來之後才會行動，我為了調查父母失蹤的理由已經等了很多年。」

「那妳為什麼要我去監視有狩的家？」

「我並沒有特別懷疑他，而是因為那裡是發表新技術的場地。我想，他們如果要發表半殭屍的研究，一定也會在那裡。」

「剛發生命案時，妳就知道事情和半殭屍有關嗎？」

「怎麼可能嘛。我毛遂自薦接下這個案子，只是為了名正言順地調查 Ultimate Medical 公司。」

「那妳是什麼時候發現事情和半殭屍有關的？」

「車子被動手腳之後，我就開始懷疑了。凶手為什麼要殺我？我只是個外行偵探，光是因為我很優秀這種理由就要殺我，感覺不太合理，而且我也沒有任何業績能讓別人看出我很優秀，所以想必是我本身的存在會對凶手造成威脅。我沒有改掉姓氏，凶手一定猜得到我是研究半殭屍的那對夫婦的女兒。凶手派半殭屍來殺我之後，我的懷疑就變成了確信：凶手擁有製造半殭屍的技術——從我父母那裡搶走的技術，而且凶手把我看作是絆腳石。」

「當時妳已經猜到葦土要發表的是半殭屍的技術嗎？」

「是啊，可是我沒有證據，不能隨便如此聲稱。」

「既然知道葦土要發表的內容，就能猜出他被殺的理由了。」

「沒錯。凶手一定是不希望他發表半殭屍技術的人。可是發表這種東西會造成什麼負面影響嗎？這種技術將來一定能為社會帶來利益，公司的股票也會立刻暴漲，對股東來說當然是好事。可是這樣根本說不通嘛。凶手既然擁有半殭屍的技術，大可搶先在葦土之前發表，沒理由一定要殺死葦土。」

「接著妳發現了詐死的詭計。」

「如果葦土只是假扮殭屍，一切都說得通了。這樣看來，開槍射他的有狩必定知道實情。在那一刻，所有事情都串聯起來了。」

門打開了，三膳走進病房。

「喂，你應該先敲門吧。」琉璃抱怨道。

「有狩那傢伙開始吐出真話了。妳的姊姊和父母果然是他殺的，不過完全沒留下證據，所以不確定現在還能不能立案。」

「他殺死葦土的那件事會被判罪吧？」

「應該吧，但是判決結果出來之前我也不敢保證。」

「明明有這麼多證據能證明他是殺人未遂的現行犯耶。」

「所以我說他應該會被判罪，不過法院審判總是會有一些不確定的因素。」

「他有說為什麼要殺死琉璃的父母嗎？」優斗問道。

「因為他想要得到琉璃的父母研發出來的半殭屍技術。雖然他已經擁有執行董事的地位，但他覺得自己無法再爬得更高，因為在他上面有無數的對手阻擋著，他根本找不到機會擠進去，所以他打算帶著半殭屍的技術跳槽到其他公司。如果他帶著半殭屍當伴手禮，一定會有很多公司歡迎他。但是，實際上研究半殭屍的是八頭夫婦，有狩連共同研究者都算不上，只是偶爾會參加討論罷了。他若擅自帶走半殭屍的技術就是犯罪，但他對半殭屍的技術實在太過飢渴，就決定豁出去了。也就是說，他決定殺死八頭夫婦，搶走半殭屍的技術。

如果拿到研究資料，過了一段時間之後再靠著這些數據繼續研究，就可以把一切都當成自己的功勞。

那傢伙以前參加過學運，對於製造爆炸物有豐富的知識，他趁著只有八頭夫婦兩人在做實驗時丟進炸彈。他名義上是他們夫妻倆的上司，所以有權登入系統看他們的研究資料，甚至可以複製或刪除。有狩打算在他們兩人死後再慢慢偷走資料。

可是，發生了一件意想不到的事。八頭夫婦的女兒碰巧來到研究所，結果成了他們兩人的替死鬼。

當然，有狩並不清楚妳們姊妹兩人的祕密，如果知道的話，他一定會先對妳們下手。

有狩再三思索後，寄了一封匿名信給八頭夫婦。

『我知道你們的祕密。』

有狩指的是他們為了研究半殭屍而殺死很多動物的事。八頭夫婦本來是不可能害怕這種威脅的，但是看到那句話，他們就以為寄信來的人是用妳們姊妹倆的事威脅他們。

他們去了有狩指定的殭屍聚集區，有狩就立刻開槍殺死他們，讓他們變成野生殭屍的糧食。」

琉璃咬緊牙關，握緊的拳頭微微地顫抖。

「幾年後，有狩若無其事地重新展開半殭屍的研究，可是如果被人發現他要把技術帶走，他說不定會失去一切，其實光是被人發現 Ultimate Medical 公司內部有人在研究半殭屍都很不妙，所以他利用自己的權限把半殭屍的研究計畫列入最高機密。可是，有狩本身的醫療技術並不好，就算擁有研究資料，他也沒辦法獨力完成研究，所以他從研究員之中挑選了能力優秀、但精神脆弱容易操縱的葦士。只有有狩和葦士知道的研究項目就此展開。」

「所以他一直藏著琉璃父母的研究資料，等到風頭過了，才把資料交給葦士，要他繼續做半殭屍的研究？」優斗說道。

「就是這樣。在研究的過程中，他們用了不正當的手段找人來當實驗品，譬如說要實驗新藥，利用知名大學的名義找來受驗者，做起半殭屍的實驗。因為頂多只用到手或腳的一部分，所以連受驗者都沒發現自己變成了半殭屍，偶爾會有人殭屍化的範圍大到隱瞞不住，那些人就會被丟到殭屍聚集區。他們在網羅受驗者時沒有提到 Ultimate Medical 公司或有狩的名字，所以就算那些人失蹤了，也查不到他身上。」

「笑里遇到的半殭屍一定就是這麼來的。」琉璃說道。

「研究到了最後階段時，有狩對葦士做了一個大膽的提議。」

「叫我自己當受驗者？這是什麼意思？」葦士表現出一臉驚訝。

「你聽好，這樣是最妥當的。因為你的肝臟……」有狩指著葦士的胸部。「應該快撐不下去了吧？」

「這……」

「就算你哪天突然死於肝衰竭也不奇怪。沒錯吧？」

「……是沒錯啦。」

「現在的醫療技術救不了你，但若使用我們的技術，你就能得救了。事情不是很簡單嗎？不只如此，你還能證明半殭屍的技術可以運用在人類身上。雖然人體實驗很有可能遭到抨擊，若是為了救研究者自己的性命，就有正當理由了。這樣既能杜絕悠悠之口，又能展現這項技術的實用價值，真是一石二鳥之計。」

「可是……」

「你還不能下定決心嗎？」

葦士低下頭去。

「難道要我揭發你非法進行人體實驗的事嗎？」

「咦？那明明是你的指示……」

「是你自己要做的。」

「不，才不是這樣，我只是聽你的吩咐。」

「如果我告發你，大家都會相信我。」

「那我也要告發你。」

「你想要告發誰？難道你要說謊嗎？說人體實驗是我和你兩個人做的？不管怎樣，你都會被逮捕，而且很快就會因肝衰竭而死。如果你成了半殭屍，既不會被抓，也不用死，還能享譽學界，這樣不是一石三鳥嗎？」

「葦土終究無法反抗有狩，於是把自己改造成半殭屍。他照著有狩的命令，心臟以外的器官幾乎全都殭屍化了。有狩告訴他，將在派對裡發表這件事。」

「不過那只是有狩精心設下的陷阱。」

三膳點頭。「有狩打算把半殭屍的技術賣給其他公司，但葦土會妨礙到他，因為葦土知道得太多了。」

「他讓葦土變成半殭屍，是為了實行密室詭計吧？」優斗說道。

「嚴格說來，那不是為了密室詭計，而是要製造自己的不在場證明。有狩沒料到葦土會連窗戶都鎖上，結果命案變成了密室殺人，因此引起我和琉璃的疑心。」

「為什麼我得假扮殭屍？」葦土疑惑地說道。「這樣會給人不好的印象吧？」

「那樣才有衝擊性啊。我不只是研究者，還是個經營者，我當然知道要怎麼宣傳會更有效果。」

「真的是這樣嗎？」

「派對開始以後，你先進入休息室，戴上扮演殭屍用的隱形眼鏡，從內側把門鎖上，然後大聲慘叫，等我來到門外呼喊時，你就模仿殭屍的動作到處亂撞。」

「我知道了。」

「然後我會用撬棒把門撬開。」

「要把門弄壞嗎？」

「這是表演。然後，我會用獵槍在你的肚子上開一個洞。」

「為什麼要這樣做？」

「這點很重要，為了讓大家知道半殭屍的效果，一定得演得誇張點。你得先扮成殭屍，被我射了一槍，然後向大家宣布你只有腹部被殭屍化，這樣就能製造出十足的衝擊性。」

「我知道了。你開槍打我的腹部之後就立刻向大家宣布，對吧？」

「這樣衝擊性太弱了。」有狩在葦土的面前搖晃著食指，口中嘖嘖作響。

「想要讓大家受到震撼，就得花長一點的時間來醞釀。我會假裝把你趕出屋外，你就繼續扮演殭屍逃走，然後躲在小巷裡等著。」有狩指著地圖說道。「我會在三十分鐘以內去帶你回來。」

「三十分鐘？演三十分鐘會不會太久？」

「哪會？這樣我還嫌短咧。好了，你先開始練習扮演殭屍吧。」

「可是他為什麼要想出這麼複雜的詭計來殺害葦土？他殺八頭夫婦的時候可沒搞出這麼多花樣。」優斗說出了心中的疑問。

「同一間研究所裡接連發生凶殺案太可疑了，如果殺害葦土時他有不在場證明，就比較不會被人懷疑了。」

「喂，葦土。」有狩在昏暗的巷子裡叫著葦土。

「喔喔，你終於來了。」葦土一臉開心。「你為什麼穿著雨衣？」

「喔，我本來聽說會突然下雨，結果一直都沒下。」有狩厭煩地說。「你還戴著隱形眼鏡？快拔下來吧。」

「扮演殭屍比我想像得好玩呢。」葦土拔下了隱形眼鏡。

「放進這裡。」有狩從口袋裡拿出塑膠袋。

「這又不是拋棄式的。」

「無所謂，總之你就丟掉吧。」

「說不定哪天還用得到。」

「等需要的時候再買就好了。快丟掉吧。」

葦土心不甘情不願地把隱形眼鏡放進袋子裡。「話說這地方還真偏僻，連個監視器都沒有。」

「所以我才選這裡啊。」

「啊？」

「把西裝外套脫下來。」

「幹麼突然要我脫外套？」

「如果你穿著外套就說不通了。」

「我不明白你的意思。」

「你沒必要知道。我非常了解宣傳，聽我的準沒錯。」

「真的嗎？」

「嗯，真的。」

葦土脫下外套，掛在手臂上。

「放在地上吧。」

「這件西裝還挺貴的耶。」

「都打穿一個洞了，有什麼好在意的。如果你想要新的，我再買一件給你吧。」

「你不幫我拿著嗎？」

「不行。基於某種理由，我不能碰那件外套。」

「那我就隨便丟著吧。」葦土把西裝外套甩了甩，然後拋出去。

一陣風把外套吹起，鉤在屋簷上。

「等一下就要回你家，在大家的面前亮相對吧？我該用怎樣的方式出場呢？」

「這不重要，但是有幾個重點，我得小聲地告訴你，你過來一下。」

葦土走向有狩。「重點是什麼？」

「等一下，你可以先看看天空嗎？」

葦土依言抬頭仰望。

有狩慢慢從懷裡拿出刀子，準備往葦土的胸口刺下去。

「你想做什麼？」葦土及時發現了有狩的行動。

「這就是重點，你必須死在這裡才行。」有狩手中的刀子猛然刺去。

但是葦土用右手抓住了刀刃。

「嘖！」有狩咂著舌，用力抽走刀子。

唰的一聲，葦土的右手頓時鮮血直流。

「你說什麼我都會照做，所以拜託你快點停下來。」葦土懇求道。

「都到了這個地步，怎麼可能停下來？」

葦土轉過身去，想要逃走。

但是有狩早已料到他的行動，迅速地撲了過去，把葦土按倒在地，舉刀往他的喉嚨割去。

葦土把左手舉到喉嚨前阻擋。

有狩加強力道，打算把他的左手和喉嚨一起割開。

刀刃穿過葦土的手掌，刺中他的喉嚨。

葦土拚盡吃奶的力氣踢開有狩。

雖然他受了重傷，但還不至於有性命之憂。

葦土連滾帶爬地逃開。

他的喉嚨發出咻咻的喘息聲。

有狩猜測葦土已經無法呼救了，就緩緩地邁步走向他，深深地劃開他的喉嚨。

葦土一臉驚愕地看著有狩。

有狩迅速後退。

葦土一副想問「為什麼？」的表情，但他一張口就流出鮮血。

葦土面無表情地趴下。

有狩盯著葦土好一陣子。

不到兩分鐘，葦土就蹣跚地站了起來。

他的眼睛變得混濁了。

有狩滿意地點點頭，朝著宅邸走去。

「葦土從密室出來時，他的西裝外套沒有沾到血跡，為了避免矛盾，有狩先讓他脫下外套才割斷他的喉嚨。但是有狩太急著殺死葦土，所以沒注意到他的外套內側沒有沾到血跡，再加上葦土無意鎖上了窗戶，這就成了殺人的決定性證據。只是有狩當時並沒有發現這一點，他把沾了血的雨衣和隱形眼鏡處理掉以後，就若無其事地回宅邸了。」三膳說道。

「然後有狩遇見了你和我。」琉璃說道。

「有狩還以為自己達成了完美犯罪，被我指出這是無意造成的密室殺人才發現問題。他本來打算把這件事偽裝成自殺或意外事故，畢竟有那麼多人看到葦土變成殭屍，絕對不會懷疑到他身上去。」

「然後我根據防衛傷判斷這是凶殺案。」

「有狩才殺死葦土幾十分鐘就出了這麼多紕漏，他自己也很意外，接著就開始思索補救的方法。」

「所謂的補救方法就是殺死我嗎？」

「有狩本來就是個不擇手段的傢伙。妳的膽子也太大了，竟然直接報出本名。」

「我說出真正的姓氏是為了觀察他的反應。」

「總之，有狩聽到妳的姓氏就明白了，他猜想妳一定是被他殺死的夫婦的女兒。對有狩來說，妳是最大的隱憂。有狩殺人計畫的成功關鍵在於一般大眾不知道有半殭屍的存在，當然，有些研究者聽過這個概念，不過沒人認為這個技術真的能運用在活人身上，因此用不著擔心那些人。但是妳不一樣，或許妳知道八頭夫婦的研究已經快到了可以運用在人體的階段，若是如此，可能會被妳發現他的不在場證明是利用半殭屍實行的詭計，所以他才打算殺了妳。」

「在我的車上動手腳的人確實是他吧？」

「我剛才說過，他有辦法設計炸彈的電路，想要靠這種技術來破壞汽車電路和手機基地臺也不是什麼困難的事。」

「結果他還是失敗了。」

「他不知道為什麼會失敗，但他得知計畫失敗以後，又想出了更確切的殺人手法。」

「就是利用藤倉儀太郎對吧。他到底是什麼人？」

「有狩是在找尋受驗者的時候發現他的。他欠了一屁股債，正急著籌錢。有狩沒告訴他關於自己的任何事，就把他改造成半殭屍。在那之後，有狩把他叫到殭屍聚集區的附近。」

「我有一件好事要告訴你。」有狩說道。

「你要給我錢嗎？其他的算不上好事。」藤倉一臉懷疑地說道。

「是啊，除了還清你欠的債以外，我還會給你一大筆錢，足以讓你一輩子吃喝玩樂。」

「這是好事嗎？」藤倉說道。「你想叫我做什麼？」

「沒什麼大不了的，只要殺了這女人就好。」有狩拿出一張照片。

「等一下，你要我去殺人？」

「是啊。」

「我不能答應你。」

「為什麼？」

「什麼為什麼……這還用問嗎？如果要犯罪的話根本划不來。」

「為什麼你這麼肯定？」

「殺人的風險太高了，如果被警察抓到，我這一輩子就毀了。你也一樣啊，如果我被抓了，你的下場也很不妙吧？」

「所以我希望你絕對不要被抓。」

「我也不想被抓啊，但是要逃過警察的追捕很困難。」

「不會的，我有一個絕招，絕對不會讓你被警察抓到。」

「什麼絕招？」

「只要你自殺就行了。」

「我上次幫你做的手術已經讓你變成了不死之身。」

「我是不死之身？」藤倉看著自己的腹部。

「你看到了吧？你已經是不死之身了。」

「哇啊啊啊啊！」藤倉看到自己的腹部，又慘叫了起來。

「喂，你看仔細一點。」有狩把藤倉的手從臉上拉開。

但藤倉只是癱在地上啜泣。

「喂，你還活著啦。你應該不覺得痛吧？」

「啊啊啊啊啊！」藤倉按著自己的臉發出慘叫。

槍聲響起，藤倉因巨大的衝擊力而倒在地上。

有狩扣下扳機。

「我不是在威脅你。」

「你用那種東西威脅我也沒用。而且你的威脅太沒道理了，『如果你不自殺，我就殺了你』，這種話誰會聽啊？」

有狩不知何時拿起一把獵槍。他把槍口對準藤倉。

「你別說夢話了。」

「乍看是這樣沒錯。如果你死了以後還能復活呢？」

「跟自殺相比，被警方抓到好上一萬倍。」

「我哪有開玩笑？」

「開什麼玩笑！」

「我……變成殭屍了嗎？」

「殭屍會說話或思考嗎？」

「不會。」藤倉搖頭。

「你已經變成超人了。」

「超人？我是超人？」

「肚子中了一槍還能安然無事，這不是超人是什麼？」

「這到底是怎麼回事？」

「簡單地說，這就像是把殭屍的力量注入到活人的身上。」

「哪有這種事？」

「你不是已經看到了嗎？」

「太厲害了！竟然會有這種事！」

「你不會死的。懂了嗎？」

「我懂了。可是，既然我是不死之身，那我就沒辦法自殺了。難道你是要我假裝自殺？」

「沒錯。你的腦袋轉得很快。」

「就算我假裝自殺，只要警察一檢查就會發現我還活著吧？」

「我有方法可以避免事情曝光。你假裝自殺時要開槍打自己的頭。」

「頭？」

「大腦的構造很複雜，進入假死狀態之後要過一陣子才會復活，這樣就能爭取一些時間。也就是說，你會有一段時間變得跟真正的屍體一樣。屍體是不會被逮捕的，也就是說，你不會被判罪。我們的組織會找機會把你救出來。」

「組織？」

「是啊，難道你以為我一個人做得到這些事嗎？我們有一個組織，所以你不需要擔心，如果快要被抓到，就開槍打自己的頭，這樣事情就能解決了。你可以拿到錢，殺人也不會被判罪，這個交易很不錯吧？」

「好吧，我答應你。」

「聽好了，在達成任務之前盡量不要傷到頭，如果有人要開槍射你，你就用右手擋住頭。」

「右手？用左手不行嗎？」

「你的左手還沒做好處置。不過左手被槍射到也不會死啦，只是會痛而已。」

「當然，大腦中槍也能復活這種話只是有狩編造出來的謊言。身體中彈也不會死的半殭屍是最適合當殺手的，但是有一個問題，因為他不會死，很可能被警察活捉，所以有狩哄著他在被逮捕之前先自殺。」

「半殭屍的頭部中彈就會死亡，變成普通的殭屍，所以不會留下任何證據，和他殺害葦土的詭計差不多。這樣算是唆使自殺還是殺人？」

「不管是哪一個，反正都是重大犯罪。」

「從那時起，有狩就開始不擇手段地想殺死琉璃。」優斗說道。

「是的，他顯然已經失去了殺害葦士時的謹慎，他寧可背負更高的風險，轉而選擇更切實的殺人計畫。這代表琉璃對他造成了極大的威脅。」

「接著他就準備了炸彈。」

「因為妳的行動表現出妳已經發現這件事和半殭屍有關，所以有狩無論如何都要殺了妳。」

「有狩犯了很多小錯誤，但最大的錯誤還是疏忽了琉璃的存在。」優斗說道。「只要有妳在，有狩的計謀就全毀了。」

「就算他去調查，也只能查到沙羅的名字。我在行動時用的都是琉璃這個名字，這樣多多少少有一點障眼法的效果。」

「有狩看準了妳到來的時刻，叫職員把炸彈拿進來。他假裝自己受到攻擊，其實是為了收拾妳。」三膳說道。

「他要殺的只有我一個人，卻把你和瀧川麗美也捲進來了。」

「正是如此。像有狩那種傢伙才不會在意死了多少人。他本來還以為自己成功了，發現妳是半殭屍時，他一定很失望吧。」

「我公開了自己是半殭屍的事，大家的心中就會留下『半殭屍』這個概念，這麼一來他那個密室殺人的詭計遲早會被人看穿。」

「有狩一定是拚命地想方設法來掩蓋自己的罪行。」三膳說道。「就在這時，妳要求召集所有人，他當然會覺得這是千載難逢的好機會。」

「妳為什麼特地選擇在有狩家向大家說明？是要等他露出馬腳嗎？」優斗說道。

「因為那是案發現場，說明起來比較簡單。當然，我也很期待那傢伙會在驚慌之下自掘墳墓。但我沒想到他竟然打算殺了所有人。」

「就算他能成功殺掉所有人，也不太可能逃過罪責吧。」優斗說道。

「但有狩只能賭賭看，而且他真的差點成功了。裝死本來就在妳的計畫之中嗎？」

「怎麼可能？如果他開槍射我的腹部，那我就死定了。幸運的是，有狩知道我是半殭屍，我的腹部可能已經殭屍化，所以他認為射我的頭才能有效地把我殺死。」

「從頭到尾看下來，有狩真的很倒楣耶。」

「真正倒楣的是被有狩欺騙而死去的葦土和藤倉。雖然他們做了壞事，還是很令人同情。」

「他到了法庭上可能還會翻供，但我們已經毫無矛盾地找出他的犯案過程，所以他想必還是會被判刑吧。」

「妳這樣就能甘心了嗎？」優斗問道。

「甘心什麼？」

「難道妳不想向殺死妳家人的凶手報仇嗎？」

「……嗯，是啊，我確實很想報仇，但我相信自己只想查出殺死家人的凶手是誰，以及找出事情的真相。」

「那妳的目的已經達成了。接下來妳想要做什麼？」

「接下來？這個嘛……我的身體是跟姊姊借來的，也差不多該還給她了。」

「什麼意思？」

「我希望她能安息，所以我想要做分割手術。」

「妳自己又沒有心臟和肺，沒了這個身體妳就活不下去了。」

「我原本只是個畸胎瘤，死了也沒啥大不了的。是說我這個人本來就不存在，消失了也不會造成影響。我活到今天都沒和任何人發生過牽連，所以死的時候也不會和任何人發生牽連。」

「沒和任何人發生過牽連？這只是妳自以為的吧？」

「不，我到這個年紀都很小心地避免和任何人的人生發生牽連。」

「那妳就是到這個年紀才犯了一個嚴重的錯誤。」優斗說道。「妳和我的人生發生牽連了。所以妳不能隨隨便便地死掉，因為這樣會對我的人生造成重大的影響。」優斗專注地凝視著琉璃。

「你才是在自以為咧。你看到的是我的姊姊沙羅。」

「沙羅在很多年以前就死了。」

「我是說，你喜歡的只是沙羅的這副模樣。」

「這副模樣也是妳的一部分啊。」

「不，這是沙羅的……」

「這種事一點都不重要。」優斗輕輕地撫摸琉璃的腹部。

「如果妳想藏起來，以後大可繼續隱藏妳真正的臉，但是在我面前不需要隱藏。」

優斗掀起琉璃的衣服，讓琉璃真正的臉露出來。

三膳急忙轉過身去。「我先告辭了。」
優斗的嘴唇碰到那張臉時，四隻眼睛都流下了淚水。

逆思流

沒人會特地去殺殭屍

（原名：わざわざゾンビを殺す人間なんていない。）

作者／小林泰三　譯者／ＨＡＮＡ
發行人／黃鎮隆　總經理／陳君平
經理／洪琇菁　國際版權／黃令歡
執行編輯／呂尚燁　美術主編／方品舒
企劃宣傳／邱小祐
發行／英屬蓋曼群島商家庭傳媒股份有限公司城邦分公司　尖端出版
台北市中山區民生東路二段一四一號十樓
電話：（〇二）二五〇〇－七六〇〇（代表號）
傳真：（〇二）二五〇〇－一九七九
中彰投以北經銷／楨彥有限公司
(含宜花東)
電話：（〇二）八九一九－三三六九
傳真：（〇二）八九一四－五五二四
雲嘉經銷／威信圖書有限公司　嘉義公司
電話：（〇五）二三三－三八五二
傳真：（〇五）二三三－三八六三
客服專線：〇八〇〇－〇二八－〇二八
南部經銷／威信圖書有限公司　高雄公司
電話：（〇七）三七三－〇〇七九
傳真：（〇七）三七三－〇〇八七
香港總經銷／城邦（香港）出版集團有限公司
香港灣仔駱克道193號東超商業中心1樓
電話：（八五二）二五〇八－六二三一
傳真：（八五二）二五七八－九三三七
E-mail：hkcite@biznetvigator.com
馬新經銷／城邦（馬新）出版集團　Cite(M)Sdn.Bhd.
E-mail：Cite@cite.com.my
法律顧問／王子文律師　元禾法律事務所
台北市羅斯福路三段三十七號十五樓
二〇二一年一月一版一刷
二〇二一年六月一版二刷

郵購注意事項：
1. 填妥劃撥單資料：帳號：50003021戶名：英屬蓋曼群島商家庭傳媒(股)公司城邦分公司。2. 通信欄內註明訂購書名與冊數。3. 劃撥金額低於500元，請加附掛號郵資50元。如劃撥日起 10～14日，仍未收到書時，請洽劃撥組。劃撥專線TEL：(03) 312-4212 ・ FAX：(03) 322-4621。E-mail：marketing@spp.com.tw

國家圖書館出版品預行編目資料

沒人會特地去殺殭屍 /
小林泰三 著 ; HANA譯 . --初版.
--臺北市：尖端出版, 2021.01
面 ; 公分.--(逆思流)
譯自: わざわざゾンビを殺す人間なんていない。
ISBN 978-957-10-9236-2(平裝)

861.57　　109015602